Igel Stachel

und das verlorene Paradies

Meinen Kindern
Viviane und Julian Jakob

Dass ihr werdet, die ihr seid

Viola Vogel

Igel Stachel

und das verlorene Paradies

Illustriert von Aleksandra Bartkowiak-Mil

edition chrismon

Bibliografische Information der Deutschen Nationalbibliothek:
Die Deutsche Nationalbibliothek verzeichnet diese Publikation in der Deutschen Nationalbibliografie; detaillierte bibliografische Daten sind im Internet über http://dnb.d-nb.de abrufbar.

Printed in Germany

Das Buch wurde auf alterungsbeständigem Papier gedruckt.

Illustrationen: Aleksandra Bartkowiak-Mil, Gdynia
Gesamtgestaltung: Ulrike Vetter, Leipzig
Druck und Bindung: BELTZ Grafische Betriebe GmbH, Bad Langensalza

ISBN 978-3-96038-331-4
www.eva-leipzig.de

Igel Stachel
und die Zauberhöhle

In einem fernen Land, in das Kinder leichter hineinkommen als Erwachsene, lebte einmal ein braunschwarzer Igel mit Stupsnase, der hieß Igel Stachel. Er hatte große, braune Augen und schöne, samtig-weich aussehende Stacheln. Wenn er aber angegriffen wurde, konnte er sie in Sekundenschnelle ausfahren. Dann piksten seine Stacheln hart und ungeheuerlich. Zum Beispiel, wenn ein Wildschwein im Wald an ihm schnupperte und ihn irrtümlich für eine leckere Kastanie hielt. Blitzschnell rollte sich Igel Stachel dann zu einem Ball ein und fuhr alle seine Stacheln aus. Sofort zuckten die Wildschweine zurück und quiekten. War die Gefahr vorüber, lugte Igel Stachel aus seinem Kugelball hervor. Vorsichtig schnupperte er in die Waldluft hinein, bevor er sich langsam wieder auseinanderrollte. Er liebte diesen Wald, in dem er lebte, seit er ein kleiner Igel war. Die bunten Blätter, die vielen Käfer an den Baumrinden und das schöne Moos, das an den Wegen und Baumstämmen wuchs. All das war ihm blind vertraut.

Igel Stachel hatte eine Mutter und drei Igelgeschwister: seine Schwestern Piksi und Fellweich und seinen Bruder Balgerich. Alle Igelgeschwister waren größer als Igel Stachel. Manchmal machten sie sich einen Spaß daraus, ihn, das kleinste der Igelkinder, damit zu necken. Das mochte Igel Stachel gar nicht. Früher hatten die Igelkinder auch einen Papa. Aber an den konnte sich Igel Stachel nicht erinnern. Denn kurz bevor er geboren wurde, war sein Igelpapa von einem großen Auto im Wald überfahren worden. Das war furchtbar für die ganze Familie, denn alle hatten ihn sehr lieb. So lauschte Igel Stachel nur ganz gebannt, wenn die anderen von Papa erzählten. Dann rückte er immer ganz nah an seine Mutter heran und nahm sich vor: Wenn ich groß bin, beiße ich allen Autos im Wald die Reifen kaputt! Autos hatten im Wald schließlich nichts verloren. Er wollte stark werden, kräftig und mutig, ganz so wie sein

Vater es anscheinend gewesen war, und alle Tiere verteidigen, die in Not waren.

Die Geschwister der Igelfamilie hatten eine besondere Mutter. Jedem ihrer Igelkinder gab sie ein Geschenk mit auf den Lebensweg. Dieses Geschenk erhielten die Kinder aber erst an dem Tag, an dem sie alt genug waren, allein in den Wald hinauszugehen. Das Geschenk war nämlich kein normales Geschenk, keins zum Auspacken und Anfassen. Nein, es war ein unsichtbares Geschenk, ohne Papier darum, eins aus Luft. Bevor die Igelmutter eines ihrer Igelkinder in die Welt hinausließ, küsste sie es und blickte das Igelkind lange an. Sie ergründete, was das Igelkind ausmachte, was einzigartig war an ihm. Dann erst schenkte sie ihm eine Wundergabe.

Schwester Piksi erhielt die Gabe, andere mit ihren Einfällen zu begeistern. Bruder Balgerich schenkte sie die Fähigkeit, seine Angst und die Angst anderer gleich mit zu überwinden. Und Schwester Fellweich wurde von ihrer Igelmutter mit der Eigenschaft bedacht, Streit schlichten zu können. Dazu flüsterte die Igelmutter jedem ihrer Kinder einen Satz ins Ohr, den nur das Igelkind selbst hören konnte und der es sein Leben lang begleiten sollte. Der kleine Igel Stachel hätte zu gern erfahren, was das für ein Satz war, den seine Igelmutter jedem seiner Geschwister ins Ohr flüsterte, bevor sie sie mit einem Kuss in die Welt hinausließ. Aber Mutter Igel war unerbittlich. „Du wirst es erfahren, wenn du deine Geschwister im Wald später einmal wiedersiehst", sagte sie dann immer zu ihm, „denn du bist nicht allein im Wald. Ihr Geschwister werdet zusammenhalten, auch wenn ihr euch nicht täglich seht. Da bin ich mir sicher." Mit diesen Worten strich sie ihrem Kleinsten über das weiche Igelfell am Bauch und lief in die gemeinsame Höhle zurück.

Und eines Tages war es so weit. Auch Igel Stachel war an der Reihe, den Igelbau zu verlassen. Seine Mutter sah ihn genau an. Nachdem sie seinen Kopf in beide Vorderpfoten genommen und geküsst hatte, betrachtete sie ihn mit dem ihr eigenen, nach innen gekehrten Lächeln. So schaute sie immer, wenn es wichtig wurde. Es schien dem kleinen Igel, als sähe sie ihn nicht wirklich an, sondern als lächelte sie in ihre Erinnerungen mit ihm als kleines Igelkind hinein. Ihre Augen hatten einen abwesenden, warmen Schimmer. Igel Stachel wurde ganz kribbelig und er zitterte leicht, als er sie dabei beobachtete, wie sie ihn ansah und doch nicht ansah. Gespannt wartete er, welches Geschenk er von ihr fürs Leben erhalten würde. Endlich kehrte ihr Blick zurück und richtete sich jetzt ganz auf ihn.

„Mein Sohn", sagte die Igelmutter mit warmer Stimme, „du wirst dich in deinem Leben durch etwas auszeichnen, was dir zunächst unnütz erscheinen, dich dafür aber glücklich machen wird: Du wirst Tieren und Menschen

Hoffnung schenken und ihnen Mut machen. Strebe danach, zunächst für andere und dann für dich da zu sein. Ich wünsche dir Glück." Mit diesen Worten legte sie ihre Igelpfote auf den Kopf ihres Sohnes und hielt sie einen Moment dort. Er hatte das Gefühl, als wolle sie ihn ganz und gar mit einem Schein umgeben, durch den keine Gefahr jemals hindurchdringen könnte. Igel Stachel schloss die Augen und kuschelte sich in ihr weiches Fell. Dann ließ seine Mutter die Pfote sinken und flüsterte ihm seinen Lebenssatz ins Ohr: „Liebe alle, die um dich sind, so, wie du dich selbst liebst. Dann wirst du der, der du bist." Danach sah sie ihn an, lachte und stupste ihn in Richtung Waldrand. „Nun geh schon, mein lieber, kleiner Sohn. Das Leben wird es gut mit dir meinen."

Und Igel Stachel ging, nachdem er seine Mutter noch einmal umarmt und dann die Pfote gehoben hatte, um ihr zuzuwinken. Eine kleine Träne musste er sich aus dem Auge wischen, bevor er seine winkende Mutter und den heimischen Igelbau hinter sich ließ und in den sommerlichen Blätterwald hineinlief. Das Leben wird es also gut mit mir meinen, wiederholte Igel Stachel die Worte seiner Mutter. Alle Igel starteten so in ihr Leben. Aber nicht alle Igel hatten eine Mutter, die ihre Kinder mit Superkräften ausstatten konnte! Schon deshalb wurde er immer fröhlicher und ausgelassener, während er durch den frischen Sommerwald lief. Auch wusste Stachel seine drei Igelgeschwister irgendwo im Wald. Sie würden ihm helfen. Er war nicht allein, wurde größer und genoss den Sommer in vollen Zügen: das Blätterrascheln, das Höhlenbauen, die vielen Schnecken, Käfer und Würmer. Langsam wurde aus dem Sommer Spätsommer, aus dem Spätsommer Herbst. Der Wald verlor seine Blätter, und der Wind begann immer öfter, wie wild durch die restlichen Blätter an den Bäumen zu pfeifen.

Igel Stachel fror nachts unter den Bäumen in seinem zusammengesammelten Blätterhaufen. Wie schön wäre es jetzt, eine sichere Höhle zu finden, in der er es sich gemütlich machen konnte, bevor der Winter hereinbrach! Die Kastanien fielen schon von den Bäumen, und es regnete oft. Igel Stachel lief und lief, suchte mal hier und mal dort. Doch entweder waren die Höhlen zu nass, oder sie waren zu rutschig. Oder sie waren schon besetzt – von Mäusen, Dachsen oder Mardern, die ihn anfauchten und verjagten. Er war kurz davor, den Mut zu verlieren. Immer kälter pfiff der Wind ihm um die Stacheln. Die Käfer wurden weniger und weniger, die Schnecken verzogen sich ins Erdreich. Und die wenigen Würmer, die es noch gab, waren schnell verzehrt. Igel Stachel seufzte. Es war zum Verzweifeln. Nirgendwo ein Platz für ihn. Und er sollte anderen Mut machen? Igel Stachel lachte bitter auf. Was hatte sich seine Mutter da nur ausgedacht? Er konnte ja nicht einmal sich selber Mut machen. Wütend stampfte er mit seiner rechten Hinterpfote auf den Waldboden und schüttelte sich den Regen aus den Stacheln.

Dann hob er den Kopf und entdeckte gegenüber eine Lichtung. Der Wald öffnete sich hier ein Stück und gab den Blick frei auf ein kleines, halbverfallenes Gemäuer. Einige Fenster ragten aus den alten Steinen, die teilweise mit winzigen, bunten Glasscheiben verziert waren. Ob sich dort vielleicht ein Plätzchen für ihn finden ließ? So schnell ihn seine kurzen Beine trugen, rannte Igel Stachel hinüber. Das letzte Sonnenlicht fiel auf die Glasmosaike in den teils verfallenen Fenstern und brachte sie zum Leuchten. Von plötzlicher Hoffnung getrieben, umrundete Igel Stachel die Steine auf der Suche nach einem Erdloch im Schutze der Mauer.

Und tatsächlich: An der letzten Querseite des Baus tat sich eine Höhle auf! Das Licht der Mosaikfenster ließ ihren Eingang silbrig schimmern. Gerade so, als würden Tausende funkelnde Sterne dort wohnen. Vorsichtig lugte Igel Stachel in die Höhle hinein und spitzte seine Ohren. Nichts rührte sich. Es schien, als wäre sie unbewohnt! Tastend setzte er eine Igelpfote vor die andere und hielt immer wieder inne. Nichts. Noch ein Stück weiter traute er sich hinein und dann noch ein Stück. Wieder nichts. Nur der warme Lehmboden unter seinen Füßen und das silbrig schimmernde Zauberlicht. Die Höhle war tatsächlich unbewohnt und wie geschaffen für seine Zwecke. Sie hatte sogar zwei Kammern, eine zum Schlafen und eine für die Nahrungsvorräte. Wie wundervoll! Igel Stachel schimpfte ein bisschen mit sich selbst, dass er vorhin fast den Mut verloren hätte.

Bloß nicht zu schnell aufgeben, dachte er bei sich selbst, und nie die Hoffnung verlieren. Seine Mutter hatte recht behalten. Sofort war die Müdigkeit wie verflogen. Schnell sammelte er große Moosstücke von den Baumstämmen herunter und legte seine Höhle damit aus. Noch mal und noch mal schnupperte er die beiden Räume seiner Höhle ab. Dort, wo die Höhle für die Nahrungsvorräte sein sollte, fühlte sich die Wand so undicht und brüchig an. Vorsichtig tastete Igel Stachel an der Wand entlang. Irgendetwas bewegte sich dahinter, das spürte er. Mit klopfendem Herzen pochte er dagegen. Plötzlich gab die Wand nach und Igel Stachel wurde von einem Erdhaufen fast verschüttet. Er prustete und schnaufte, rieb sich die Erde aus den Augen und setzte sich auf. Als er wieder etwas sah, traute er seinen Augen nicht. Seine Leibspeise, hunderte Schnecken und Käfer, krabbelten vor seinen Augen hin und her. Da spürte Igel Stachel seinen leeren Magen und das Wasser lief ihm im Munde zusammen. Ein richtiger Futterschatz für den Winter!

Er aß und aß, um sich eine dicke Speckschicht anzufressen für die kalten Monate. Als er merkte, dass er beim Essen immer mehr und mehr gähnen

musste, war es so weit: Die Zeit für den Winterschlaf war gekommen. Igel Stachel verklebte den Eingang zu seiner Höhle sorgfältig mit Lehm und kuschelte sich in sein Moosbett. Dann dankte er dem Gemäuer mit den Schimmerfenstern für seine wunderbare Zauberhöhle und das warme Bett und schlief glücklich ein.

Igel Stachel
und der Maulwurf Grumpel

Nach einem langen, kalten Winter kam der Frühling. Vorsichtig blinzelte Igel Stachel mit einem Auge in die helle Frühlingssonne. War der Winter etwa tatsächlich vorbei? Er bewegte langsam eine Pfote. Dann reckte und streckte er seine Beine und linste aus der Winterhöhle in den Wald hinein. Tatsächlich. Fahles Licht schien in seine Höhle, und die ersten Sonnenstrahlen beleuchteten die Wiese davor. Der Frühling war gekommen! Langsam setzte er sich auf, gähnte noch einmal und ertastete nun mit der rechten Pfote seinen Bauch. Ganz dünn war er geworden in der langen Winterzeit. Igel Stachel fühlte ein Ziehen im Magen – er hatte Hunger! Vorsichtig begann er, die im Herbst mit Lehm verschlossene Tür seiner Höhle aufzukratzen. Dadurch wanderten mehr und mehr Frühlingssonnenstrahlen in die mit Moos ausgelegte Höhle. Langsam gewöhnten sich seine Igelaugen an das Tageslicht im Wald.

Und dann war es so weit – er konnte aus seiner Höhle ins Freie krabbeln, der Eingang war offen. Geblendet blieb er stehen. Wie schön das Licht war! Igel Stachel schloss erneut die Augen und setzte sich glücklich ins Gras. Es war tatsächlich Frühling! Alles grünte und blühte, die Vögel sangen und die Rehe flitzten durch den Wald. Alle Tiere freuten sich mit ihm über das Licht und die gute Luft. Tief atmete er ein und sah sich um. Überall die schönsten Käfer und Schnecken um ihn herum! Was für ein Festmahl. Er aß und aß, bis er nicht mehr konnte. Dann lief er zu dem kleinen Fluss, der neben dem Waldweg dahinfloss, und trank frisches Wasser. Frühling!

Als er gerade noch einen tiefen Schluck nehmen wollte, bebte auf einmal der Boden unter seinen Füßen. Ein furchtbares Grummeln ertönte direkt unter ihm. Dann bewegte sich die Erde noch mal. Igel Stachel erschrak furchtbar. Blitzartig machte er einen Satz nach rechts und wäre fast in den Fluss gefal-

len. Gerade noch rechtzeitig machte er eine Igelrolle vorwärts und landete auf der Wiese. Auch hier sackte die Erde regelrecht ein, und immer wieder ertönte dieses Grummeln im Erdboden. Stachel machte noch einen Satz, bis er in Sicherheit war und schaute sich um. Aus dem Erdloch, das eingestürzt war, wuchs etwas heraus – zwei große, schwarze Hände schaufelten sich aus der Erde. Igel Stachel schrie auf und rollte sich sofort zum Kugelball zusammen. Er fuhr alle Stacheln aus und wartete. Hoffentlich ließ ihn das Untier in Ruhe! Noch einmal grummelte es laut, dann erklang aus der Erde eine wütende Stimme: „Wer trampelt da auf meiner Wohnzimmerdecke herum? Mein ganzer Bau ist eingestürzt! Wer bist du?“, schimpfte das Etwas und stupste Igel Stachel an, der weiter als Ball zusammengerollt dalag.

Mit leiser Stimme antwortete Igel Stachel: „Wer bist denn du? Ich sehe hier drin nichts, weil ich mich vor Angst eingerollt habe. Isst du Igel?“

„Nein“, grummelte das Etwas zurück, ich sehe selbst gar nichts hier oben, weil ich ganz schlechte Augen habe. Ich bin ein Maulwurf, und mein Name ist Grumpel. Du hast mein Wohnzimmer kaputt gemacht!“, sagte er noch mal vorwurfsvoll.

Igel Stachel rollte sich ein wenig auseinander, so dass er etwas sehen konnte. Und tatsächlich: Da stand ein gar nicht großer, aber sehr schwarzer Maulwurf vor ihm. Er hielt sich eine Schaufelhand über die Augen, und mit der anderen stupste er Igel Stachel an. Igel Stachel wusste, dass Maulwürfe keine Feinde von Igeln sind, und rollte sich langsam wieder auseinander. Dann ging er vorsichtig auf den Maulwurf zu, mit ausgestreckter Pfote.

„Tut mir leid, Grumpel“, sagte Stachel, „ich wusste nicht, dass du dein Wohnzimmer so nah an meinem Fluss hast. Ich hatte einfach großen Durst. Ich bin gerade aus dem Winterschlaf aufgestanden.“

Maulwurf Grumpel nahm die Pfote in seine Maulwurfschaufel und schüttelte sie. „Schon gut“, brummelte er, „ich weiß nur nicht, wie ich mein Wohnzimmer nun wieder heil bekomme. Im Wohnzimmer schläft unser jüngstes Maulwurfskind. Nun ist alles verwüstet. Ständig trampeln irgendwelche Tiere auf meiner Wohnung herum und trinken am Fluss.“ Er seufzte.

„Ich helfe dir“, sagte Stachel. Mit gemeinsamen Kräften stemmten sie die Zimmerdecke des Wohnzimmers in der Maulwurfshöhle wieder hoch. Dann deckten sie das Dach mit Lehm ab und befestigten die Höhle so, dass das Zuhause der Maulwurfsfamilie wieder bewohnbar aussah. Die vier Maulwurfskinder der Familie Grumpel hatten einen Heidenspaß, tobten um ihren Vater und Igel Stachel herum und halfen nach besten Kräften. Auch die Frau des Maulwurfs, Annie, kam mit ihrem neugeborenen Babymaulwurf ans Tageslicht und begrüßte Stachel. Der älteste Maulwurfssohn der Familie, Gunnar, kochte mit seinen Geschwistern nach getaner Arbeit den bei der Familie so beliebten Käferbrei und lud Igel Stachel dazu ein. Beim Essen erzählte Stachel der Maulwurfsfamilie von seinem Winterschlaf in der gemütlichen Höhle am Fuße des alten Fenstergemäuers. Vielleicht konnte die Maulwurfsfamilie dorthin ihre Höhle verlegen?

Maulwurf Grumpel überlegte. Die ganze Wohnung verlegen hin zu Igel Stachels Fenstergemäuer? Eine Maulwurfshöhle zu bauen war eine anstrengende, langwierige Arbeit, noch dazu für eine Familie mit fünf Kindern. Andererseits kamen ständig Tiere zum Fluss, um zu trinken, und beschädigten dabei seine Höhle.

„Ich schaue mir dein Zuhause mal an", sagte Grumpel, „aber auf meine Art. Gehe du vor, ich komme unter der Erde nach. Wir treffen uns bei deiner Höhle", sagte er und verschwand unter der Erde.

Erstaunt sah Igel Stachel Annie an. „So ist er", lachte sie, „er liebt Überraschungen und sieht einfach unter der Erde mehr als hier im grellen Sonnenlicht." Auch Annie hielt sich die Hände über ihre Augen, die Sonne blendete sie sehr. „Komm uns bald wieder einmal besuchen", sagte sie und winkte ihre Kinder zu sich, um in die Höhle zu verschwinden. Das Maulwurfsbaby hatte sie fest im Arm.

Igel Stachel flitzte, so schnell ihn seine kleinen Beine trugen, zu seiner Höhle. Das kam ihm zu seltsam vor, dass Grumpel unter der Erde schneller sein sollte als er. Von Weitem schon sah er das alte Gemäuer im Sonnenlicht stehen. Es war schön wie immer. Als Igel Stachel sich seiner Höhlentür näherte, traute er seinen Augen nicht. Grumpel war tatsächlich schon da und wühlte sich aus der Erde.

„Da staune ich aber", begrüßte Igel Stachel seinen neuen Freund und öffnete die Höhlentür, „willkommen in meinem Zuhause."

„Wie schön", sagte Grumpel, als er das gemütliche Moosbett sah, das Igel Stachel sich eingerichtet hatte. Schnell bereitete Igel Stachel einen Schneckensalat zum Abendbrot, und beide setzten sich vor die Igelhöhle. Dabei schauten sie der Sonne zu, wie sie ihre letzten Abendstreifen über den Wald schickte und den Weg freimachte für einen wunderbaren Sternenhimmel. Selten war Igel Stachel so glücklich gewesen. Hier saß er nun mit seinem neuen Freund Grumpel vor seiner Höhle, aß Schneckensalat und es war Frühling geworden! Die beiden beschlossen, morgen zu testen, ob sich der Boden für eine Maulwurfshöhle eignete. Dann verabschiedete sich Grumpel von Stachel, wühlte sich blitzschnell zurück in die Erde und war verschwunden.

Müde, satt und glücklich rollte sich Igel Stachel in sein Moosbett und war eingeschlafen, noch bevor er sich sein Gutenachtlied vorsummen konnte.

Igel Stachel
und die Schlange Schlängli

Der nächste Morgen war ein kühler Morgen. Igel Stachel wurde wach, weil der Wind den Regen gegen seine Tür peitschte. Schnell kuschelte er sich tiefer unter seine Moosdecke und versuchte, noch ein wenig weiterzuschlafen. Aber die Höhle war zu kalt. Es half alles nichts. Igel Stachel rieb sich den Schlaf aus den Augen, ordnete seine Stacheln und knabberte ein paar Frühstückskäfer, die er sich am Abend zuvor zurechtgelegt hatte. Dann öffnete er die Höhlentür. Ein eisiger Wind blies ihm entgegen – huh, und das sollte nun der Frühling sein?

Eine Hose oder ein warmer Pulli wären nicht schlecht, dachte Stachel bei sich. Er umrundete sein Fenstergemäuer mit der Nase am Boden, auf der Suche nach etwas, was ihm als Pullover oder Hose dienen könnte. Als er so vor sich hinschnupperte und die Frühlingsblätter inspizierte, trat er auf etwas Weiches, braun-gelb Geflecktes. Es fühlte sich rau an, wie Leder. Igel Stachel schrie auf und trat vor Schreck noch mehrmals auf das rauhe Etwas. Im selben Moment zischte es hinter ihm, und ein dickes, festes Lasso wickelte sich in Windeseile um seinen Körper, so dass ihm fast die Luft wegblieb. Igel Stachel konnte nicht vor noch zurück. Vollständig war er umwickelt von diesem braun-gelb gefleckten Ding, aus dem es nun nochmals gefährlich zischte: „Wasss willsssst du hier, du Igeltier? Spinnsssst du, auf mir herumzutrampeln?“

Igel Stachel zitterte am ganzen Körper, zumal er nicht erkennen konnte, woher die Stimme kam. Trotz des Tageslichts war es stockdunkel in diesem braun-gelb gefleckten Gefängnis, in dem er sich nun befand. Er hatte schreckliche Angst.

„Ich, ich …“, stotterte Igel Stachel, „ich habe nicht gesehen, wohin ich trete.“ Er machte eine Pause, schluckte und setzte dann noch einmal mit feiner Stimme an: „Es tut mir sehr leid, wenn ich dir wehgetan haben sollte.“ Dann geschah eine Weile lang gar nichts. Es blieb dunkel, Igel Stachel war immer noch gefangen und konnte sich nicht bewegen.

„Könntest du“, fragte Igel Stachel nach einer unendlich scheinenden Weile mit gebrochener Stimme, „könntest du mich vielleicht loslassen? Du tust mir weh.“

Wieder geschah erst einmal nichts. Doch dann wurde Igel Stachel urplötzlich um die eigene Achse gedreht und herumgewirbelt. Alle braun-gelben, rauen Ringe um seinen Körper lösten sich so schnell, dass er sich mehrmals im Kreis drehte und schließlich erschöpft ins Gras fiel. Ihm schwindelte. Ohne sich umzublicken, rollte sich Stachel sofort zum Igelball zusammen. Wer weiß, welches Ungeheuer ihn da gefangen hatte? Doch nichts geschah. Niemand umklammerte ihn oder zischte ihn an. Nach einer langen Weile wagte Igel Stachel es, sich so weit auszurollen, dass er seine Umgebung mit einem Auge erkennen konnte.

Er konnte nicht glauben, was er sah: Da lag eine riesige, braun-gelbe Schlange nicht weit von ihm auf dem Boden und begutachtete den hinteren Teil ihres Körpers mit Argwohn.

„Absssssolute Unverschämtheit“, zischte sie, „diesssse Tiere im Wald haben überhaupt kein Benehmen. Dasssssssssss war früher aber andersssssssss, als meine Vorfahren noch allein waren mit diesen zwei Menschen in diesem schönen Garten … allessssssssssssss war besser damalsssss, aber allesssssssss. Damalsssss, da wurde wir Schlangen noch mit Respekt behandelt, da hörte man noch auf unseren Rat, Resssspekt!“

Während die Schlange weiter vor sich hinschimpfte, näherte sich Igel Stachel ihr vorsichtig. „Es tut mir leid“, sagte er noch einmal, immer bereit, sich sofort wieder einzurollen. „Ich bin doch nicht absichtlich auf dich draufgetreten.“

Argwöhnisch betrachtete die Schlange Igel Stachel, während sie weiter ihr malträtiertes hinteres Schwanzteil betrachtete. „Ganzzzzzzzz platt, schau doch“, sagte sie zu Stachel, „wie sssssssssoll ich dasssssss denn jemals wieder ganzzzzzzz bekommen, mmh?“ Dabei deutete sie auf ihr hinteres Schwanzteil, das in der Tat sehr platt gedrückt aussah.

Igel Stachel überlegte. „Ich habe eine Salbe in meiner Höhle“, sagte er dann nach einer Weile, „die hilft mir immer gegen Bienenstiche. Vielleicht hilft sie auch, Schlangen wieder heil zu machen? Und schon rannte er in seine Höhle, holte die Salbe und lief wieder zurück zur Schlange.

Die hatte sich in der Zwischenzeit keinen Meter bewegt, weil ihr hinteres Schwanzende zu weh tat. Immer noch schimpfte sie vor sich hin und sprach von irgendwelchen guten alten Zeiten in einem Paradies, als die Welt jung war und Schlangen noch ernst genommen wurden. Während des Schimpfens versuchte sie mit ihrem Maul, ihr malträtiertes, völlig plattes Hinterteil wieder in eine Schlangenform zu bekommen. Das gelang nicht, weil ihr die Hände dazu fehlten. Frustriert schimpfte die Schlange weiter.

Igel Stachel näherte sich ihr diesmal vorsichtig und kündigte sein Kommen vorher an. „Hier bin ich wieder“, sagte er zu ihr, „ich habe dir meine Salbe mitgebracht. Wollen wir es mal probieren?“ Er wartete und sah sie an.

Die Schlange schaute zurück und fixierte den kleinen Igel. Argwöhnisch blickten ihre Augen, eng zusammengezogen zu dünnen Schlitzen. Doch

Igel Stachel widerstand ihrem Blick, obwohl er im ersten Moment zurückzuckte. Kurz überlegte er, die Flucht zu ergreifen. Doch dann dachte er an seine Mutter, seine Wundergabe und dass er beschlossen hatte, mindestens so mutig wie sein Vater zu sein. Und deshalb würde er den Kampf mit dieser Schlange aufnehmen, auf seine Weise. Mit aller Kraft fixierte er die immer noch kalt und abweisend blickende Schlange mit seinen warmen, braunen Augen und dachte dabei: Mut machen und Hoffnung schenken. Mut machen, Hoffnung schenken, sich und anderen.

Während Igel Stachel das immer wieder dachte, stand er da, mitten im Wald, mit seiner Bienensalbe in der Hand, und sah die Schlange freundlich an. Das war gar nicht einfach, denn wie Blitze trafen ihn immer wieder die mit Kälte und Bitterkeit gefüllten Schlangenblicke. Mut und Hoffnung ... Stachel versuchte, mit seinem Blick der Schlange etwas davon zu schicken. Eine gefühlte Ewigkeit standen sie beide so da und starrten sich an. Keiner von beiden sprach. Igel Stachel war kurz davor, die Kräfte zu verlieren. Die Schlangenkälte und ihre Bitterkeit drohten sein Herz zuzuschnüren.

Doch da, plötzlich, veränderte sich der Blick der Schlange. Mit einem Mal wich der Argwohn aus ihren Augen. Die zu Schlitzen verengten Augen der Schlange weiteten sich. Als sie schließlich den Kopf fast unmerklich senkte, den Blick endlich abwand und einverständlich nickte, seufzte Igel Stachel vor Erleichterung. Er hatte es geschafft.

Mit aller Kraft schüttelte er seine Igelstacheln, so als könne er die Blicke der Schlange abschütteln und alle Kälte und Bitterkeit im Gras liegen lassen. Langsam ging Stachel auf sie zu, strich die Salbe vorsichtig auf ihren Schlangenkörper und versuchte, mit seinen Pfoten die plattgedrückten Stellen der Schlange so gut es ging wieder in Form zu bringen. Und die Salbe wirkte tatsächlich. Nachdem Igel Stachel eine Stunde lang die Schlangenstellen massiert hatte, konnte die Schlange langsam wieder ein paar Meter kriechen. Sie quietschte noch etwas beim Durch-den-Wald-Robben, aber es ging, wenn auch langsam.

Wieder nahm Stachel all seinen Mut zusammen. Dann sagte er: „Wenn du mir nichts tust, könnte ich dich in meine Höhle einladen. Sie ist nicht weit, direkt hinter dem Fenstergemäuer dort vorne. Es gibt zwei Zimmer. In dem einen Zimmer könntest du dich ausruhen, bis dein Schwanz nicht mehr wehtut."

Die Schlange schaute ihn an. Instinktiv wich Igel Stachel zurück. Sofort verengten sich die Augen der Schlange wieder zu den dünnen, argwöhnischen Schlitzen von vorhin. Sie öffnete den Mund und ihre gespaltene, lange Zunge fächerte gefährlich in der Luft vor sich hin. Dann erhob sie die Stimme und zischte spöttisch: „Dir was tun? Igel schmecken mir nicht, da brauchst du keine Angst zu haben." Wieder schwieg sie eine Weile und schaute auf ihr malträtiertes Hinterteil. Dann sagte sie: „Noch nie habe ich bei einem anderen Tier übernachtet. Noch nie habe ich Hilfe gebraucht bei irgendwas." Die Schlange wand sich hin und her und her und hin.

Es muss sie unglaubliche Überwindung kosten, Hilfe von einem anderen Tier im Wald anzunehmen, dachte Igel Stachel verwundert, während er sie anschaute. Dankbar dachte er an seine liebevolle Kindheit, in der er von klein auf gelernt hatte, andere Tiere um Hilfe zu bitten und selbst zu helfen. Seine Mutter hatte viele Freunde, und die heimische Igelhöhle war immer ein beliebter Treffpunkt gewesen für alle. Dass es Tiere im Wald gibt, die anscheinend gar keine Freunde haben, wollte Igel Stachel allzu wundersam und traurig erscheinen. Anscheinend spricht sie auch nicht viel mit anderen Tieren, dachte er.

„Esssssss issssssst spät geworden. Ein bisschen Ruhe schadet ssssicher nicht", fuhr die Schlange schließlich nach längerem Zögern fort, „ja, ich nehme dein Angebot an und übernachte in deiner Höhle."

Igel Stachel war erleichtert, obwohl ihm gleichzeitig davor graute, die Schlange bei sich aufzunehmen. Morgen würde alles vorbei sein, und die Wege beider würden sich für immer trennen, tröstete er sich. So nahm er die Schlange mit, gab ihr zu essen und bereitete ihr ein Nachtlager im anderen Teil seiner Höhle. Doch die Schlange war so groß, dass ihr Hinterteil bis in seinen Schlafraum hineinreichte. In dieser Nacht fror Igel Stachel nicht mehr. Denn von der vielen Umräumerei war ihm ganz warm geworden und auch die Höhle dampfte von seiner Anstrengung. Und da Schlangen immer die Temperatur der Umgebung annehmen, war nun auch der Körper der Schlange, die in Igel Stachels Höhlenteil lag, ganz warm.

„Übrigensssssss", sagte die Schlange, als Stachel ihr hinteres Schlangenende in seinem Zimmer eingerollt hatte, „ich heissssssssse Schlängli. Und: danke."

Igel Stachel lächelte und rollte sich in sein Moosbett ein. „Gern geschehen, Schlängli", sagte er. Erschöpft schliefen beide Tiere ein.

Igel Stachel
und der Geschenkebaum

Am nächsten Morgen erschrak Igel Stachel fürchterlich, als er das große Hinterteil der Schlange neben seinem Bett entdeckte. Erst langsam erinnerte er sich an das Abenteuer mit der Schlange und daran, dass er selbst es war, der Schlängli in seine Höhle eingeladen hatte. Die Wunde an ihrem Schwanzende, der Kampf der Blicke, seine Wundergabe, Hoffnung, Mut. Igel Stachel rieb sich die Augen und konnte es nicht fassen: Da lag doch nicht nur eine Schlange, sondern zwei! Entsetzt sprang er aus dem Bett. Nein, das bildete er sich nicht ein. Aber die zweite Schlange regte sich nicht. Stachel stupste sie an. Nichts. Doch jetzt – das hintere Schwanzende von Schlängli bewegte sich. Sie war aufgewacht und steckte ihren Kopf von ihrem Gästezimmer in Stachels Schlafzimmer.

„Guten Morgen", zischte sie, „dassssss war aber eine gute Nacht. Mein Schwanzende fühlt sich viel besser an als gestern." Die Schlange sah wieder rund und wendig aus.

Vorsichtig deutete Igel Stachel auf die zweite Schlange und sagte zu Schlängli: „Sag, haben wir Besuch bekommen in der Nacht? Was ist das für eine zweite Schlange?" Fragend sah Igel Stachel sie an.

Schlängli folgte Igel Stachels Pfote und lachte laut auf: „Eine zweite Schlange? Du bisssssst aber ein lusssssssstiger Geselle. Nein, das issst keine zweite Schlange. Ich habe mich in der Nacht gehäutet. Das ist quassssi mein alter Schlangenpullover."

Keine zweite Schlange? Vorsichtig näherte sich Igel Stachel der Schlangenhaut. Und tatsächlich: Es war die Haut der Schlange, aber ohne eine Schlange darin. Die Schlange war in der Nacht gewachsen und hatte ihre alte Haut abgelegt. Vorsichtig befühlte er die Haut der Schlange. Sie fühlte sich weich an. Ob er …?

„Meinst du", fing Igel Stachel vorsichtig an, „ich könnte deine alte Pulloverhaut vielleicht behalten für mein Bett? Mir ist nachts oft so kalt, da könnte sie mir sehr helfen."

Schlängli schaute amüsiert. „Natürlich kannst du die behalten. Ich brauche sie nicht mehr. Ich habe ja jetzt meine neue Haut." Stolz zeigte sie ihre gelbbraune Maserung, die durch die Häutung wie neu aussah. Stachel bedankte sich und legte sein Igelbett erfreut mit der neuen Schlangendecke aus. Plötzlich klopfte es. Als Igel Stachel öffnete, stand Maulwurf Grumpel vor der Tür. Mit weit aufgerissenen Augen schaute er auf die Schlange, die hinter Igel Stachel am Frühstückstisch saß und gerade genüsslich vier Käfer frühstückte.

„Guten Morgen, Grumpel", sagte Igel Stachel, während er eine einladende Handbewegung machte, „darf ich dir die Schlange Schlängli vorstellen. Sie tut Maulwürfen nichts."

Misstrauisch beäugte Grumpel die Schlange, die hinter Igel Stachel seelenruhig weiter Käfer aß. Keinen Schritt machte er in Igel Stachels Höhle hinein. Erst als Schlängli ihrerseits mit ihrem Schwanzende eine einladende Bewegung in die Igel-Stachel-Höhle machte und beteuerte, dass sie Maulwürfe wirklich nicht lecker fände, trat Grumpel ein. Er nickte der Schlange zu, und auch Schlängli zischte ihn freundlich an.

Igel Stachel erzählte Schlängli von der Maulwurfsfamilie Grumpel am Fluss und von der Idee, für sie eine neue Wohnung bauen zu wollen in der Nähe seiner Höhle unter dem Fenstergemäuer. Schlängli hörte interessiert zu.

„Wieso Fenstergemäuer?", fragte sie. „Das ist doch eine alte Kapelle, unter der du deine Höhle hast." Stachel und Grumpel schauten Schlängli verwundert an.

„Was ist das, eine Kapelle?", fragte schließlich Grumpel.

Schlängli lachte bitter auf. „Bei meiner großen Schlange, seid ihr dumm! Ihr wisst nicht, was eine Kapelle ist?" Wieder verengten sich ihre Augen, als müsse sie überlegen, ob sich der Aufwand lohnte, den beiden das zu erklären.

„Eine Kapelle, das ist", fing sie dann an, und plötzlich bekamen ihre Augen einen traurigen Schimmer, „ein Ort, wo Menschen und Tiere zusammenkommen und ...", wieder stockte sie, bevor sie sich aufrichtete und mit feierlicher Stimme fortfuhr, „... mit dem Schöpfer des Himmels und der Erde sprechen. Man nennt ihn auch ‚Gott'. Den meisten Geschöpfen hilft dieses Sprechen mit Gott. Wir Schlangen nennen das ‚Beten'."

Igel Stachel und Grumpel schauten Schlängli an, als wäre sie übergeschnappt. Menschen und Tiere zusammenkommen? Schöpfer des Himmels und der Erde? Schlängli las diese Fragen förmlich in den Augen der beiden. Als würde sie bereuen, was sie gerade gesagt hatte, schaute sie beide abschätzig an.

Dann, ohne ein Wort der Erklärung, schwenkte sie ihren Kopf und bedeutete Grumpel und Igel Stachel, mit ihr zu kommen. Sie schlängelte aus der Höhle hinaus und umrundete die Kapelle. Nicht weit vom Eingang der Kapelle stand eine große Birke, die ihre Äste bis tief auf die Grundmauern der Kapelle hinabsenkte. Direkt hinter der Birke hielt Schlängli plötzlich an. Fast wäre Igel Stachel wieder auf ihr Hinterteil getreten. Grumpel war weniger schnell und rumpelte in Igel Stachel hinein.

Schlängli sah sich zu den beiden um. Dann sagte sie: „Hier wäre ein guter Ort für einen Maulwurfsbau. Die Birke verdeckt den Bau, und auch die Grundmauern der Kapelle schützen ihn. Außerdem", wandte sie sich nun an Grumpel, „könntest du die übrigen Zimmer deiner Höhle direkt unterhalb der Kapelle bauen, dann wäre deine Familie noch sicherer untergebracht. Aber was geht mich das an ...", sagte sie schnippisch.

Grumpel untersuchte bereits den Boden und schien abzuschätzen, wie tief er graben musste, um hier eine Höhle zu bauen. Nach einigen Minuten sagte er: „Wunderbar, ganz wunderbar. Das muss ich meiner Frau erzählen. Aber ich brauche Grabhilfe. Das dauert sonst Ewigkeiten, bis ich fertig bin. Könntet ihr ...?" Bittend sah er Stachel und Schlängli an. Igel Stachel war nicht wohl bei dem Gedanken, Schlängli beim Graben dabeizuhaben. Er hatte immer noch etwas Angst vor ihr. Schlängli merkte das, sofort verengten sich ihre Augen wieder.

„Ich soll dir helfen? Ich habe dir doch gerade den Ort für deine Höhle gezeigt. Das muss doch wohl reichen." Sie wandte ihren Kopf ab und schaute in eine imaginäre Ferne, bevor sie mit zusammengepressten Zähnen fortfuhr: „Mir hat noch niemand in meinem Leben bei irgendwas geholfen. Warum sollte gerade ich dir helfen?" Sie sah Grumpel argwöhnisch an. Der zuckte nur mit den Schultern. „Dann halt nicht. Wäre einfach nett gewesen von dir. Und zu dritt geht es schneller. Aber lass mal – wir schaffen es auch allein." Mit diesen Worten nickte er Igel Stachel zu und tapste zurück zu seinem Maulwurfsgang, den er am Vortag zur Igelhöhle gegraben hatte. Schlängli war verblüfft und verärgert. Sie hatte gar nicht prinzipiell ihre Hilfe verweigern, sondern sich nur etwas bitten lassen wollen. Nach einem längeren Moment des Schweigens sagte sie gönnerhaft: „Na gut. Aber nur kurz."

So machten sich Schlängli und Igel Stachel auf den Weg zur Maulwurfshöhle. Dort angekommen, waren alle hellauf begeistert von dem neuen geplanten Maulwurfsbau an der Birke. Die Schlange wurde herzlich aufgenommen. Das freute Schlängli, auch wenn sie es nicht so zeigen konnte. Es war das erste Mal in ihrem Leben, dass sie mit den Tieren im Wald sprach und sie kennenlernte. Bisher hatte sie alle Tiere, so gut es ging, gemieden und hatte allein ihr Leben gelebt. Nun aber half sie, die Einrichtungsgegenstände der Maulwurfshöhle auf ihrem Schwanz zur Birke zu transportieren. Zwischendurch gestattete sie den Maulwurfskindern sogar, sich vorsichtig auf ihren Rücken zu setzen. Das viele Alleinsein hatte ihr nicht gutgetan, dachte Schlängli bei sich, während die Maulwurfskinder auf ihrem Rücken vergnügt juchzten. Ganz verbittert war sie geworden in den letzten Jahren, stellte sie fest.

Am späten Abend war es so weit: Die neue Maulwurfshöhle war bezugsfertig, die Familie Grumpel konnte einziehen! Ziemlich geschafft versammelten sich alle am Feuer und betrachteten die Birke, die in der Dämmerung mit ihren Zweigen in die alte Kapelle hineinwinkte, als wolle sie die neuen Bewohner willkommen heißen. Schlängli hatte je zwei der Maulwurfskinder auf ihrem Rücken sitzen. Sie bettelten so lange, bis Schlängli schließlich eine Gutenachtgeschichte erzählte. Die Geschichte, die sie von ihren Eltern immer erzählt bekommen hatte, als sie noch eine kleine Schlange war – die Geschichte vom Geschenkebaum.

„Alle kleinen Schlangenkinder", erzählte Schlängli, während sich die Maulwurfskinder eng an sie kuschelten, „bekommen gleich, nachdem sie aus dem Ei geschlüpft sind, von ihren Eltern die Geschichte vom Geschenkebaum erzählt. Das ist der Ursprung unserer Schlangenfamilie und deshalb für uns Schlangen wichtig. Aber ich warne euch ...", Schlängli machte eine Pause und schaute die Kinder direkt an, „... es ist keine Gutenachtgeschichte im eigentlichen Sinne. Vielleicht ist es doch besser, ich erzähle sie nicht." Doch die Maulwurfskinder protestierten: „Wir wollen sie hören, die Geschichte vom Geschenkebaum. Bitte! Bitte!"

„Der Ort, wo der Geschenkebaum steht", begann Schlängli nun, „ist ein Ort, den die kleinen Schlangenkinder in ihren Herzen erbauen. In den schönsten Farben malen die Schlangeneltern ihren Schlangenkindern diesen Ort aus: Es ist ein Paradiesgarten. Hier ist die allererste Schlange einst zu Hause gewesen, damals, als es noch nichts anderes gab auf der Welt als Schlangen, die anderen Tiere und Pflanzen und die ersten zwei Menschen. Viele verschiedene Bäume hat es in diesem ersten Garten der Erdwelt gegeben, darunter einen, den man ‚Baum der Erkenntnis' nannte, mit wunderschönen roten Äpfeln daran. Der Apfelbaum der Erkenntnis war aber nur für die Menschen bestimmt", erzählte Schlängli, „für uns Schlangen war dieser Baum uninteressant."

Die Maulwurfskinder lauschten gespannt. „Aber ein paar Meter neben diesem Baum mit den schönen Äpfeln stand der Geschenkebaum." Schlängli machte eine kleine, ehrfurchtsvolle Pause. Dann fuhr sie fort: „Für Schlangen war er das Paradies. Nur Schlangen durften sich dem Geschenkebaum nähern. So hatte es der Schöpfer des Himmels und der Erde bestimmt. Ihm gehörte der Garten. Er hatte ihn angelegt, und wie ein Gärtner kümmerte er sich um alle Lebewesen, die in dem Garten lebten. Wo auch immer er war, wirbelten einige zarte, weiß gefiederte Vögel um seinen Kopf herum.

Bunt war der Baum geschmückt, mit vielen Paketen und Bändern, über und über glitzerte er schon von Weitem. Jede Schlange durfte sich in ihrem Leben ein Paket davon nehmen. In dem Paket war jeweils das drin, was ihrem Wesen am nächsten war: Die eine schaute sich und ihre Schlangenhaut gerne im Flussufer an und war begeistert von ihrer Schönheit. In ihrem Paket befand sich ein Spiegel. Die nächste Schlange stellte unentwegt Fragen nach dem Woher und Wohin des Paradiesgartens, in ihrem Paket befand sich eine Portion Weisheit. Die übernächste Schlange wollte, dass sie jedermann mochte, sie bekam ein Paket voller Anerkennung geschenkt, die für ihr Leben reichte.

Nun ermahnte der göttliche Gärtner die Schlangen jedoch, dass jede Schlange nur ein Geschenk nehmen durfte. Wenn eine Schlange mehr als ein Geschenk nehmen würde, müssten alle Schlangen den Garten für immer

verlassen, so sagte er. Ähnliches erzählte er den beiden Menschen, was den für sie bestimmten Baum der Erkenntnis anging. Den Menschen verbot der göttliche Gärtner sogar, überhaupt von dem Apfelbaum zu essen. Die beiden Menschen, ein Mann und eine Frau, nickten und verschwanden wieder in den Untiefen des Gartens. Alle Schlangen hielten sich an die Ermahnung des Gärtners und freuten sich am Geschenkebaum und ihrem Leben." Wieder machte Schlängli eine Pause und räusperte sich. Die Maulwurfskinder hielten den Atem an. Igel Stachel überlegte. War das etwa derselbe „Schöpfer des Himmels und der Erde", zu dem man in seinem Fenstergemäuer beten konnte, wie Schlängli erklärt hatte? Bevor er die Frage stellen konnte, erzählte Schlängli weiter:

„Nun gab es aber in dem Paradiesgarten auch zwei hübsche, braun-gelb gemusterte Schlangen, die glänzende Gegenstände über alles liebten. Beide hatten bisher noch kein Geschenk vom Baum bekommen. Immer, wenn diese beiden Schlangen etwas Glitzerndes im Paradiesgarten sahen, blieben sie wie geblendet stehen und bewunderten das Glänzen der Steine oder der Wassertropfen. Wie schön das schillerte, in tausend Farben des Regenbogens. Man müsste viele dieser glitzernden Dinge haben, in einer Schatzkiste, ganz für sich allein, dachten sie oft. Endlich kam der Tag, an dem auch die beiden Glitzerschlangen ihre Geschenke erhalten sollten. Vorsichtig näherten sie sich dem Geschenkebaum. Er erkannte die Glitzerschlangen und warf zwei über und über mit Glitzerperlen bestickte Geschenke ab, die für die Schlangen bestimmt waren. Die Glitzerschlangen öffneten ihre Geschenke und waren selig: Beide hatten eine Schatzkiste bekommen, die zur Hälfte mit glitzernden Haselnüssen gefüllt war! Sie schimmerten, dass den Schlangen die Augen übergingen. So glücklich waren die beiden noch nie in ihrem Leben.

Einige Wochen waren beide damit beschäftigt, ihre Schatzkisten mit sich herumzutragen und die Glitzernüsse allen anderen Schlangen zu zeigen. Die Schlangen zählten die Glitzernüsse einzeln, wieder und immer wieder. Nach dem Zählen der Nüsse ließen sie sie einzeln über ihre Schlangenkörper gleiten, dass es eine Pracht war, und jauchzten vor Vergnügen dabei. Doch eines Tages bemerkten sie, dass beide Schatzkisten lediglich halb gefüllt waren mit Glitzernüssen. Warum nur halb, warum nicht ganz voll, fragten sie sich. Der Zweifel nagte an ihnen. Eigentlich stünde ihnen doch ein zusätzliches Geschenk vom Geschenkebaum zu, für die andere Hälfte sozusagen, waren sie mehr und mehr überzeugt. Sie beachteten kaum mehr die Glitzernüsse, die sie bereits hatten.

Täglich umrundeten die beiden Glitzerschlangen den Geschenkebaum und schauten argwöhnisch auf die vielen Geschenke. Mit den anderen Schlangen im Garten redeten sie kaum noch. Eines Tages hielten die Glitzerschlangen den Anblick der glitzernden Pakete nicht mehr aus. Obgleich ihnen die Worte des göttlichen Gärtners noch in ihren Ohren hallten, schlängelten sie sich auf den Baum hoch. Noch zwei Pakete mehr – keiner würde es merken. Die gelb-braun gemusterten Schlangen schauten sich noch einmal an, ihre Augen glitzerten. Sie nickten einander zu. Dann zerbissen sie die Schnur der beiden größten Pakete am Baum, die sie finden konnten, und ließen sie ins Gras fallen. Mit einem großen Knall zerbarsten die Pakete am Boden des Baumes.

Doch heraus kamen keine Glitzernüsse, sondern Tausende kleine Giftschlangen! Sie trieben die beiden Glitzerschlangen vor sich her und drohten sie zu beißen. Die Glitzerschlangen schrien auf. Sie waren verzweifelt. Damit hatten sie nicht gerechnet. So schnell sie konnten, schlängelten sie sich am Geschenkebaum vorbei hin zu dem Apfelbaum, unter dem die beiden Menschen saßen. Die Glitzerschlangen erzählten atemlos von ihrem Schicksal. Sie baten die Menschen, ihnen schnell zu helfen.

Die beiden Menschen schauten einander an. Ihnen taten die beiden Glitzerschlangen leid, wie sie so zerzaust und ängstlich vor ihnen lagen. Von Ferne sahen die Menschen schon die vielen Schlangenverfolger auf sie zukommen. Die Menschen zögerten. Auch sie hatten dem Schöpfer des Himmels und der Erde versprochen, den für sie bestimmten Apfelbaum nicht anzurühren. Vor allem die Menschenfrau blickte wieder und wieder zu den beiden jämmerlich anzusehenden Schlangen. Sie meinte, Reue in den Augen der Schlangen erkennen zu können, neben all ihrer Verzweiflung. Die Menschenfrau sah prüfend die roten Äpfel an und berührte einen von ihnen sanft, ohne ihn zu pflücken.

Sofort spürte sie den Arm des Menschenmannes auf ihrem Arm. ‚Wir dürfen es nicht, erinnere dich‘, sagte er, ‚die Schlangen müssen selbst sehen, wie sie da wieder herauskommen.‘ Die Menschenfrau war hin- und hergerissen. Er hatte recht, der göttliche Gärtner hatte es verboten. Aber waren sie nicht eine Gemeinschaft hier, in diesem Paradiesgarten? Hatte er, der Schöpfer des Himmels und der Erde, diesen Garten nicht für sie alle gemacht, damit sie darin für immer bleiben, sich beistehen und einander helfen konnten? So hatte der göttliche Gärtner es gesagt. Der Menschenmann hatte sich schon wieder umgewendet und war im Dickicht des Gartens verschwunden. Für ihn war die Sache erledigt. Die Menschenfrau sah sich um. Die Giftschlangen näherten sich nun

mit rasender Geschwindigkeit den Glitzerschlangen. Viel Zeit blieb nicht. Noch einmal streckte sie ihre Hand nach der Frucht am Paradiesapfelbaum aus.

Plötzlich erinnerte sie sich an den Gärtner, damals, am ersten Tag. Er, der Schöpfer des Himmels und der Erde, hatte ganz warme, unglaublich gute Augen. Sie erinnerte sich auch an die zarten, weißen Vögel, die immer um seinen Kopf herumflatterten und in ihrer fremden Sprache piepsten. Die Menschenfrau war sich nun sicher. Er würde die Schlangen nicht aus diesem Garten vertreiben, egal, was er vorher angedroht hatte. ‚*Er* wird euch nichts tun', sagte sie dann mit fester Stimme zu den beiden verzweifelten Glitzerschlangen, während sie den Apfel am Baum wieder losließ. ‚Ihr braucht meine Hilfe nicht, ihr Glitzerschlangen. Vertraut allein auf *ihn*.' Mit diesen Worten verschwand auch sie im Dickicht des Waldes.

Die Glitzerschlangen schauten sich entsetzt an. Der letzte Hoffnungsschimmer war verflogen. Die vielen Giftschlangen kamen immer näher. Und dort, am Horizont, erschien *er* auch schon, der göttliche Gärtner. Er hatte alles mit angesehen und war zornig auf die Glitzerschlangen. Auf seinen Fingerzeig hin explodierte der Geschenkebaum vor den Augen der Schlangen. Es knallte so laut, dass selbst die vielen Giftschlangen einen Moment innehielten. Der göttliche Gärtner neigte nun seinen Arm zum Ausgang des Gartens und befahl allen Schlangen, den Paradiesgarten zu verlassen. Das Gartentor öffnete sich. Der Gärtner war nun in Blicknähe. Um Verzeihung bittend, sahen die beiden Glitzerschlangen den göttlichen Gärtner an. Doch er erwiderte ihren Blick nicht. Sein Finger zeigte auf das Tor. Nur einige der weißen, zarten Vögel, die wie immer um den Kopf des Schöpfers des Himmels und der Erde herumschwirrten, trennten sich von den anderen. Als die letzte Schlange das Tor passiert hatte, schloss sich das Tor zum Paradiesgarten mit einem großen Knall. All das sah die Menschenfrau von einem hohen Felsen des Gartens aus. Sie konnte ihren Augen nicht trauen. Wie konnte der göttliche Gärtner so etwas tun? Er hatte doch so gute Augen. Erschöpft setzte sich die Menschenfrau auf einen Stein. Den Apfelbaum hatte sie dabei fest im Blick.

Draußen, vor den Toren des Paradiesgartens, waren die unzähligen Giftschlangen urplötzlich verschwunden. Die anderen Schlangen schauten die beiden Glitzerschlangen böse an. ‚Was habt ihr getan?', sagte ihr Blick. Die Glitzerschlangen konnten sich nun, vor den Toren des Paradiesgartens, auch nicht mehr erklären, weshalb sie immer und immer mehr Glitzerhaselnüsse haben wollten. Sie waren wie im Rausch gewesen.

‚Nie wieder wollen wir mit euch zu tun haben. Bleibt weg von uns. Für immer!', sagten die anderen Schlangen und schlängelten sich ihrer Wege. Die Glitzerschlangen, allein vor den Toren des Paradieses, sahen sich noch einmal um. Eine Aschewolke stieg aus dem Garten empor in den Himmel. Nichts ließ mehr ahnen, dass das einmal das Paradies war, in dem sie alle so glücklich gewesen waren. Beide hatten eine Träne in den Augen, bevor sie sich auf dem staubigen Weg aufmachten, hinein in ein neues Leben außerhalb des Paradiesgartens."

Schlängli machte eine Pause. Sie schaute die Maulwurfskinder an, die wie gebannt zugehört hatten und mucksmäuschenstill gewesen waren. Die Maulwurfskinder warteten. Das konnte doch nicht das Ende der Geschichte gewesen sein. Schlängli merkte, dass etwas fehlte, dass sie die Maulwurfskinder so nicht schlafen gehen lassen konnte. So fuhr sie fort: „Was die Glitzerschlangen nicht merkten, war, dass sie nicht ganz allein waren. Denn ohne dass sie es gemerkt hatten, war ihnen ein Teil der göttlichen weißen Vögel mit Abstand auf ihrem Weg gefolgt, vom Himmel aus. Fast schien es, als wollten die Vögel sie beschützen. Die Glitzerschlangen folgten traurig und verzweifelt dem Weg bis in den Wald am anderen Ende der Welt. Sie hüteten sich, die anderen Schlangen zu treffen, die zu Recht böse auf sie waren. Auch mit den anderen Tieren des Waldes sprachen sie nicht, so dass die beiden ziemlich einsam wurden. Nur die zarten, weißen Vögel aus dem Paradiesgarten hielten ihnen die Treue. Und es tat ihnen gut, nicht von allen Tieren verlassen worden zu sein. Zum Glück hatten die Glitzerschlangen sich auch zu zweit. Sie verliebten sich ineinander und bekamen viele braun-gelb gemusterte, hübsche Schlangenkinder. Sie schworen sich, dass sie ihren Kindern vom verloren gegangenen Paradies erzählen und ihre Sehnsucht wachhalten wollten nach diesem Ort, an dem alles gut war. So wird unsere Geschichte über jede Schlangengeneration weitergegeben, damit die Schlangenkinder wissen, wie sie sich verhalten müssen, falls der Schöpfer des Himmels und der Erde doch noch einmal wiederkommen und ihnen anbieten sollte, den Paradiesgarten für sie zu öffnen. Diese Hoffnung haben wir alle, auch wenn wir Schlangen manchmal mürrisch wirken und unnahbar."

Schlängli verstummte. Die Maulwurfskinder gähnten. Sie schienen nun viel zufriedener. „Die armen Glitzerschlangen", sagte Gunnar Grumpel, „wo sie es doch bereut haben." Schlängli sah ihn mit wachen, etwas traurigen Augen an und nickte unmerklich, während die Maulwurfsmutter aufstand und in die Pfoten klatschte. „Nun aber: Ab ins Bett, ihr Lieben", sagte sie und trug ihre vier Maulwurfskinder einen nach dem anderen in die neue Maulwurfshöhle neben der Birke. Annie wandte sich noch einmal zu Schlängli um, bevor sie in der Maulwurfshöhle verschwand. Sie betrachtete Schlängli, die noch ganz in Gedanken versunken ihrer Geschichte nachsann, und sagte zu ihr: „Danke, Schlängli, dass du heute so gut auf unsere Kinder aufgepasst hast.“ Dann zögerte sie etwas, bevor sie fortfuhr: „Weißt du Schlängli, ich würde mich freuen, wenn du dein Nachtlager heute auch in der Nähe von uns aufschlagen würdest. Nur für die erste Nacht, zur Sicherheit für uns. Willst du?“ Annie sah Schlängli an.

Schlängli zögerte. Aber warum nicht? „Für diese Nacht einverstanden“, sagte sie und rollte sich hinauf auf die Birke, um dort ihr Nachtlager zu errichten. „Gute Nacht“, sagte nun auch Igel Stachel zu den Freunden und verschwand in seiner Höhle. Er legte sich auf sein warmes Moosbett und kuschelte sich in seine warme Schlangenhaut. Göttlicher Gärtner. Ob der auch etwas mit seiner Wundergabe zu tun hatte? Fast schien es ihm so. Zufrieden schlief er ein. Doch lange sollte die Nachtruhe für ihn diesmal nicht dauern.

Igel Stachel findet die Waschbärgeschwister

Mitten in der Nacht schreckte Igel Stachel aus seinem Moosbett auf, weil wie wild Äste an sein Höhlenfenster pochten. Es gewitterte schrecklich. Blitze zuckten am Himmel, es hagelte und heulte um seine Höhle herum. Igel Stachel horchte in die Nacht hinein. Da war ein feines Stimmchen, was „Hilfe, Hilfe" rief und herzzerreißend weinte.

Schnell rannte Igel Stachel in den Regen hinaus. „Hilfe, Hilfe, hier!", rief es wieder. Die Stimme kam von der großen Eiche jenseits der Waldlichtung. Wieder durchzuckte ein Blitz den gesamten Wald und erleuchtete ihn für Sekunden. Da, am Fuß der Eiche lag etwas und krümmte sich. So schnell ihn seine Beine tragen konnten, lief er hinüber. Stachel konnte eine blinkende Kette erkennen, die um die blutende Pfote eines Tieres geschmiedet war. Leise sagte er: „Ich bin ein Igel und heiße Stachel. Ich tue dir nichts. Ich helfe dir."

Es war ein Waschbärkind, ein Mädchen. „Ich kann nicht mehr laufen, mein Fuß, mein Fuß, aua", jammerte es. „Ich trage dich in meine Höhle", sagte Igel Stachel, „dann schauen wir uns deine Wunde an." Vorsichtig nahm er das kleine Waschbärmädchen auf seinen Arm, befahl seinen Rückenstacheln, sich weich zu machen, und hob das Waschbärmädchen auf seinen Rücken. In seiner Höhle angekommen, löste Igel Stachel die metallene Kette von der Pfote des weinenden Waschbärmädchens und verband die Wunde.

Stachel überlegte, was seine Mutter immer getan hatte, um ihn aufzumuntern, wenn er sich wehgetan hatte. Dann hatte er eine Idee. Er strich dem weinenden Waschbärmädchen über den Kopf, ging zur Kochnische, goss Milch in einen Topf und rührte Kakao hinein. Dann setzte er sich mit der Kakaotasse neben sie und fragte, was passiert sei. Doch das Waschbärmädchen weinte weiter bitterlich und sagte: „Wir müssen noch mal raus! Mein Bruder ist noch gefangen in der Kiste der Menschen bei der Eiche, er ist noch da drinnen. Wir müssen ihn retten!"

Und dann erzählte sie, dass Wilderer die beiden Waschbärkinder von ihren Eltern weggerissen, sie in eine Kiste gesteckt und gefesselt hatten. In einer Kutsche wollten die Wilderer den Wald durchqueren. Die Kiste war auf dem holprigen Waldweg von der Kutsche gefallen, durch das Gewitter unbemerkt. Die Waschbärschwester hatte sich aus den Ketten lösen können, aber der Waschbärbruder war noch in der Kiste gefangen. Also hatte sich die Waschbärschwester auf den Weg gemacht, um Hilfe zu holen. Den Bruder ließ sie schweren Herzens in der Kiste zurück, immer in der Angst, die Wilderer würden zurückkehren. Weit war sie aber nicht gekommen, weil die Kette ihre Pfote so wundgescheuert hatte, dass sie nicht mehr laufen konnte. So musste sie an der Eiche eine Pause machen und hatte dort um Hilfe gerufen. Die Waschbärschwester beschrieb Igel Stachel nun so genau wie möglich, wo sich die Kiste mit ihrem Bruder befand. Stachel tröstete sie, während er sich eine Feile und eine Art Schraubenzieher einsteckte. Dann ging er wieder hinein in die tosende Nacht.

Die Beschreibung der Waschbärschwester war gut gewesen. Zielstrebig lief er auf die Waldlichtung zu und steuerte die alte Eiche an, hinter der die Waschbärschwester gelegen hatte. Wie sie gesagt hatte, lief er noch fünf Minuten nach Norden, dann schräg rechts über den alten Waldweg und bis zur Buchenhecke. Hier fing er an, den Waldweg nach der Kiste abzusuchen. Tiefe Furchen hatten die Kutschenräder im regennassen Lehmboden hinterlassen. Dort, ganz hinten, an der Hügelkuppe, schien etwas Großes zu liegen. Igel Stachel rannte jetzt. Da lag tatsächlich die Kiste! Das Schloss war aufgebrochen. Er öffnete sie und schaute vorsichtig hinein. Nichts. Nur Holzspäne. Doch Moment, von ganz unten hörte er etwas atmen. Der Waschbärbruder? „Kleiner Waschbär, ich bin es, Igel Stachel. Ich habe schon deine Schwester gerettet, und jetzt komme ich, um dir zu helfen. Hab keine Angst!"

Igel Stachel räumte alle Holzspäne beiseite. Nun sah er den kleinen Waschbären ganz unten am Boden der Kiste liegen. Er atmete schwach und bewegte sich kaum. Er ist in Ohnmacht gefallen, dachte Igel Stachel, ich muss mich beeilen. Mit der Feile und dem Schraubenzieher öffnete Igel Stachel die eisernen Fußfesseln. Schwer ging das. Aber es gelang. Dann nahm er den Waschbärbruder vorsichtig aus der Kiste und hob ihn auf seinen Rücken. Schnell lief er den Waldweg zurück. Plötzlich hörte er quietschende Kutschenreifen den Waldweg herauffahren. Die Wilderer, dachte Igel Stachel. Blitzschnell rollte er den Waschbärbruder in sein Bauchfell ein, formte sich zu einem Igelball und rollte unter den nächsten Busch. „Da ist die Kiste, halt an!", rief eine tiefe Männerstimme. Die Kutsche quietschte und kam ganz nah neben Igel Stachels Busch zum Stehen. Ganz deutlich hörte Stachel die schweren Schritte von Männerstiefeln auf dem Lehmboden. Igel Stachels Herz pochte bis zum Hals.

„Verdammt, sie sind weg! Die Fesseln sind gelöst!" Mit einem großen Krachen zerschellte die Holzkiste am Boden, die Männer hatten sie offenbar in ihrer Wut weggeschleudert. „Mist", hörte Stachel es schimpfen, „die hätten wir teuer verkaufen können!" Noch einmal hörte er ihr Fluchen, dann setzte sich die Kutsche wieder in Bewegung und rumpelte davon. Igel Stachel wartete kurz, rollte sich auf und rannte mit dem kleinen Waschbärjungen auf seinem Rücken zurück zur Höhle, so schnell ihn seine Beine trugen.

Von draußen schon hörte er ein Weinen. „Alles gut, kleine Waschbärschwester, dein Bruder ist gerettet", rief Igel Stachel.

„Mein Bruder, mein Bruder! Du hast ihn gefunden!", jauchzte die Waschbärschwester.

„Er atmet ganz schwach", sagte Igel Stachel, „ich glaube, er ist in Ohnmacht gefallen. Wir müssen ihm etwas zu trinken geben."

Die Waschbärschwester streichelte die Pfote ihres Bruders und redete ihm gut zu. „Wach auf, mein Lieber", sagte sie, „wir sind in Sicherheit." Doch der kleine Waschbärbruder rührte sich nicht. Die Waschbärschwester gab nicht auf. Immer wieder redete sie sanft auf ihn ein und streichelte seine Pfote, bis der Waschbärbruder die Augen aufschlug und sich vorsichtig umsah. Fragend sah er seine Schwester an, die ihm alles erklärte, was sich zugetragen hatte.

Er ist wirklich noch sehr, sehr klein, ein Waschbärkleinkind, dachte Igel Stachel. Mut machen, Hoffnung geben, sagte er zu sich selbst, jetzt bin ich nicht mehr der Kleine, sondern ein großer Igel, so wie mein Vater einer war. Die beiden brauchen mich jetzt. Und mit diesem Gedanken gab er dem Waschbärbruder etwas Kakao zu trinken, während die Waschbärschwester weiter die Pfote des Bruders hielt.

Die Nacht war längst vorüber, der Morgen dämmerte und der nächste Tag hatte begonnen. Igel Stachel bereitete den Geschwistern ein provisorisches Moosbett neben seinem Lager. Sanft deckte er die Waschbärkinder zu, die sich weiter an den Händen festhielten und sich mit großen, verängstigten Augen ansahen. Was, wenn die Wilderer wiederkamen und sie in der Igel-Stachel-Höhle fanden? Und wo waren ihre Waschbäreltern?

„Habt keine Angst, hier können euch die Wilderer nicht finden. Eine liebe Schlange bewacht meine Höhle von der großen Birke aus. Die Höhle ist fest verschlossen und viel zu klein für Menschen. Hier seid ihr sicher. Und bestimmt finden wir bald eure Eltern", sagte Stachel. „Was haben denn eure Eltern gemacht abends, wenn sie euch zu Hause ins Bett gebracht haben?"

„Gesungen und am Bett gesessen", sagte die Waschbärschwester und fing bei der Erinnerung an zu Hause wieder leise an zu weinen.

Igel Stachel überlegte. Was hatte seine Mutter ihm und seinen Igelgeschwistern immer vorgesungen, wenn er nicht einschlafen konnte? Er fing leise an zu summen. Ein bisschen veränderte er den Text: „Waschbär, mutiger Waschbär, sei nicht traurig, denn du bist nicht allein. Wir alle lieben dich so sehr, kleiner lieber Waschbär, sei nicht traurig, nimmermehr, denn du bist nicht allein."

Igel Stachel horchte in die Nacht. Er vernahm ein leises Atmen. Die Waschbärkinder waren eingeschlafen. Beide hielten sich fest an den Pfoten. Nun stieg auch Igel Stachel erschöpft in sein Bett und zog sich die Schlangendecke hoch bis zu seiner Nasenspitze.

Igel Stachel
und der Rot-Kreuz-Kranich

Am nächsten Morgen wurde Igel Stachel von einem fürchterlichen Geräusch geweckt. „Ccccchhhh Püüüh, Ccccchhhh Püüüh, Ccccchhhh Püüüüh" machte es direkt neben seinem Bett. Mit einem Satz schnellte er aus dem Bett und stellte seine Igelstacheln zur Verteidigung weit auf. In dieser Haltung verharrte er und lauschte. Da war das Geräusch wieder, unverändert laut: „Ccccchhhh Püüüh! Ccccchhhh Püühh!" Nichts rührte sich. Vorsichtig setzte Igel Stachel sich wieder auf sein Bett, sah neben sein Bett – und verstand.

Da lagen die Waschbärkinder eng aneinandergeschmiegt, die Bettdecke bis über die Nasenspitzen gezogen. Sie waren es, die so laut schnarchten. Erleichtert sank Igel Stachel auf sein Bett zurück. Die Waschbärkinder. Langsam fiel ihm alles wieder ein: Die aufregende letzte Nacht, der Regen, die Rettung der beiden vor den Wilderern im Wald, das Gutenachtlied ...

Igel Stachel lächelte in sich hinein. Heute würden sie schnell die Eltern der Waschbärkinder wiederfinden müssen, damit sie sich nicht allzu große Sorgen machten. Doch vorher mussten sie etwas essen. Igel Stachel putzte sich das Fell, holte den Milchtopf aus dem Schrank und setzte ihn mit der Milch auf die warme Herdplatte. Als er das Kakaopulver einrührte und es in der Küche zu duften begann, schnupperten die schlafenden Waschbärkinder mit ihren Nasen in die Luft.

Die Waschbärschwester war die Erste, die erwachte. Ungläubig sah sie sich in der Igel-Stachel-Höhle um und vergewisserte sich, dass ihr Bruder wohlbehalten neben ihr lag. Dann nickte sie Igel Stachel zu, der ihr durch einen Finger auf seinem Mund zu verstehen gab, dass sie beide leise sein und den kleinen Waschbärbruder noch schlafen lassen sollten. Doch bald wachte auch er von dem herrlichen Duft des warmen Kakaos auf. Ängstlich setzte sich der Waschbärbruder im Bett auf und sah sich um. Dann schüttelte

er sich mit aller Kraft, huschte zu seiner Schwester auf die Ofenbank und kuschelte sich eng an sie. Auch er bekam seinen Becher Kakao, und beide Waschbärkinder sahen Igel Stachel mit großen Augen an. Ihr Blick sagte: Unsere Eltern. Wir müssen unsere Eltern wiederfinden. Sofort.

Igel Stachel lächelte und sagte: „Natürlich müssen wir jetzt sofort eure Eltern wiederfinden, damit sie sich keine Sorgen machen. Wir werden heute zu meinem Freund, dem Rot-Kreuz-Kranich, gehen. Alles und jeder, der im Igel-Stachel-Wald vermisst wird, meldet sich bei ihm. Er hat den besten Überblick über den Wald und seine Bewohner und ist außerdem unser Waldarzt. Ihm können wir eure Wunden zeigen. An welcher Ecke des Waldes wohnt ihr denn mit euren Eltern?"

Die Waschbärkinder schauten Igel Stachel mit tränenerfüllten Augen an. Dann sagte die Waschbärschwester: „Wir wohnen gar nicht in diesem Wald. Wir wohnen an einem Fluss in einem ganz anderen Wald im Sieben-Burgen-Land. Die Wilderer sind mit uns so lange gefahren, dass wir sicher ganz weit weg sind von zu Hause. Igel-Stachel-Wald? Das habe ich noch nie gehört." Stille senkte sich jetzt über die Igelhöhle. Ein anderer Wald, an einem anderen Fluss? Igel Stachel dachte nach. Das hörte sich kompliziert an und nicht unbedingt danach, dass die Waschbärkinder ihre Eltern heute Abend schon wiedersehen würden.

Doch dann dachte er an seine Mutter und an sein Lebensgeschenk, die Wundergabe: Hoffnung schenken, Mut machen. Unmerklich nickte er, streckte sich, setzte sich dann ganz aufrecht auf den Küchenstuhl und schaute die Waschbärkinder an. Ganz ruhig sagte er mit fester Stimme: „So wahnsinnig viele Wälder und Flüsse gibt es hier in der Gegend nicht. Und die Kutsche der Wilderer kann ja nicht hergeflogen sein. Wir versuchen unser Glück trotzdem beim Rot-Kreuz-Kranich. Sicher werden wir eure Eltern bald wiederfinden. Ihr werdet unseren Wald auch mögen, er ist wunderschön. Und bevor wir losgehen, stelle ich euch noch meinen Freunden vor, der Maulwurfsfamilie und der Schlange Schlängli." Die Augen der Waschbärkinder leuchteten hoffnungsvoll. Sie glaubten ihm! Und er glaubte es jetzt auch.

Nach dem Frühstück machten sie sich auf den Weg zur Maulwurfsfamilie mit ihren fünf Kindern. Die kleinen Maulwürfe begrüßten die Waschbärkinder und musterten sie freundlich. Endlich ein paar Tierkinder mehr im Wald! Sofort verabredeten sie sich für den Nachmittag zum Spielen. Dann gingen sie weiter zur großen Birke, auf der die Schlange Schlängli sich gerade räkelte. Die Waschbärkinder erschraken zunächst, weil die Schlange so groß und furchterregend aussah. Aber als Schlängli langsam den Baumstamm herunterschlängelte und sich den Waschbärkindern vorsichtig näherte, sagte sie mit sanfter Stimme: „Ich esssse keine Waschbären, kein Angssssst." Schon bald

fassten die Waschbärkinder Vertrauen zu Schlängli und baten sie, mit ihnen zu gehen zum Rot-Kreuz-Kranich. Sie hatten noch immer Angst vor den Wilderern. Jedes freundliche Tier mehr als Begleitung war ihnen recht. Schlängli zögerte erst in der ihr eigenen argwöhnischen Art. Doch dann sagte sie zu. Und so machten sich alle vier auf den Weg, den Rot-Kreuz-Kranich zu finden.

Der kleine Waschbärbruder war immer noch sehr geschwächt, und seine Schwester hatte aufgrund ihrer Wunde am Fuß Schwierigkeiten zu laufen. So bot Schlängli an, die Waschbärkinder auf ihren Rücken zu nehmen. Das war ein Spaß! Auf der Schlange zu sitzen, die sich in Kurven den sonnigen Waldboden entlangschlängelte, war für die Waschbärkinder wie Karussellfahren. Sie jauchzten vor Vergnügen.

Igel Stachel musste sich beeilen, den dreien zu folgen. Nachdem sie eine Weile gelaufen waren, kamen sie an eine Baumgruppe mit vier Bäumen an der Zahl. Eine große weiße Plane war über zwei der Bäume gespannt. Unter der Plane war ein riesiges Nest zu sehen, das auf zwei großen, breiten Ästen thronte. Ein weißer Vogel mit einem langen Schnabel saß darin und versorgte gerade zwei kleine Rabenkinder. Er hatte eine weiße Binde um den Bauch, auf der ein rotes Kreuz leuchtete, so dass der Kranich schon von Weitem zu sehen war. Am Stamm der beiden großen Bäume waren Holzstühle und ein Tisch aufgestellt. Geduldig warteten dort kranke Tiere auf ihre Behandlung. Ein Waldhase mit langen, bis zum Bauch herabhängenden Ohren half bei der Versorgung der Tiere. Auch er hatte eine weiße Binde mit rotem Kreuz am Ohr, wie der Kranich sie am Bauch hatte. Der Rot-Kreuz-Kranich winkte Igel Stachel, Schlängli und den zwei Waschbärkindern auf ihrem Rücken schon von Ferne zu.

„Igel Stachel, mein Freund. Wen bringst du mir denn da?", begrüßte ihn der Kranich und flog ihnen ein Stück entgegen. Neugierig musterte er die Waschbärkinder. „Seid ihr etwa die beiden Waschbärkinder, die von den bösen Wilderern gefangen genommen wurden, weit weg im Sieben-Burgen-Land?", fragte er.

Die Waschbärkinder nickten. „Hast du vielleicht unsere Eltern gesehen?", fragten sie. Der Kranich schüttelte den Kopf. „Nein, leider nicht", sagte er, „aber jeder kennt hier im Igel-Stachel-Wald eure Geschichte. Die Menschen im Dorf hinter unserem Wald haben die bösen Wilderer gestern Nacht gefangen genommen und ins Gefängnis gesteckt. Die Gefahr ist vorbei. Schaut, das steht heute in unserer Zeitung, der Waldpost. Ich werde meinem Kollegen im Sieben-Burgen-Land Bescheid geben, dass ihr hier bei uns seid, bis eure Eltern euch abholen. Bis dahin könnt ihr entscheiden, ob ihr hier bei mir in der Rotkreuzstation bleiben wollt oder ...", er sah Igel Stachel fragend an. Der schaute zurück und nickte. „Oder", fuhr der Rot-Kreuz-Kranich fort, „ob ihr so lange, bis eure Eltern kommen, bei meinem Freund Igel Stachel wohnen wollt."

Beide Waschbärkinder schauten Igel Stachel an. Er nickte noch einmal.

Ohne ein Wort zu wechseln, sagte die Waschbärschwester für beide: „Dann würden wir sehr, sehr gerne so lange bei dir bleiben, Igel Stachel, wenn wir dürfen ...?“

Noch einmal nickte Igel Stachel.

Die Waschbärkinder hüpften so begeistert auf Schlängli herum, dass sie um ihre Schlangenform fürchtete und anfing zu schimpfen. Dann umarmten beide Waschbärkinder Igel Stachel mit solcher Kraft, dass er rückwärts ins Gras fiel und lachen musste.

Anschließend schaute der Rot-Kreuz-Kranich die Pfoten der Waschbärkinder an und verband sie. Der Waschbärbruder hatte sich eine Erkältung geholt, weil er so lange in der nassen Kiste im Wald gelegen hatte. Der Rot-Kreuz-Kranich gab ihm leckere Waldkräuter für einen warmen Tee mit. Und der Waldhase holte aus einem großen Glas für jeden eine köstliche Nacktschnecke. Nur Schlängli schüttelte sich – Nacktschnecken, iieeh!

Auf dem Rückweg kamen sie am Maulwurfsbau vorbei. Familie Grumpel war zu Hause, und so spielten sie gemeinsam auf der Wiese Fang-den-Maulwurf und Waschbär-guck-in-die-Luft. Auch Schlängli musste mitspielen. Igel Stachel schaute die Waschbärgeschwister an, wie sie mit den Maulwurfskindern glücklich auf der Wiese herumtollten, und atmete erleichtert auf. Dann ging er in seine Höhle und machte Abendbrot: Käfer, Nüsse und Knabberbrot.

So vergingen die Tage und Wochen. Zeitweise kam es Igel Stachel vor, als hätten die Waschbärgeschwister schon immer bei ihm gelebt. Jede Woche sprachen sie mit dem Rot-Kreuz-Kranich, ob er Nachrichten von seinem Kollegen aus dem Sieben-Burgen-Land hatte. Aber die Waschbäreltern schienen wie vom Erdboden verschluckt. Niemand hatte sie gesehen. Die Waschbärkinder vermissten ihre Eltern sehr. Aber sie waren auch gern bei Igel Stachel. Sie freundeten sich immer enger mit den Maulwurfskindern und Schlängli an und kannten sich bald genauso gut im Igel-Stachel-Wald aus wie er selbst.

Die Vorratskammer der Höhle wurde zum Waschbärkinderzimmer. Grumpel half, ein kleines drittes Zimmer für die Vorräte zu graben, und so hatten sie zu dritt genug Platz. Die Waschbärkinder hatten ein großes, gemütliches Bett und eine Kuscheldecke, die sie sich teilten. Igel Stachel schenkte ihnen zwei weiche Schlafmützen. Jeden Abend brachte er beide Waschbärkinder in ihr Bett und sang ihnen noch ein Gutenachtlied vor. Langsam gewöhnte er sich daran, nicht mehr allein in seiner Höhle zu leben, sondern für zwei Waschbärkinder verantwortlich zu sein. Schön war das, irgendwie. Dann wickelte er sich fest ein in seine Schlangendecke, drehte sich auf die Seite und schlief ein.

Igel Stachel
rettet die Taube

Am nächsten Morgen wurde Igel Stachel wieder vom Schnarchen der Waschbärkinder geweckt. Da lagen sie im Bett, die Schlafmütze auf dem Kopf und die Decke bis zum Waschbärkinn gezogen, und schnarchten vor sich hin!

Heute war Sonntag, und die Waschbärkinder konnten ausschlafen. Doch der köstliche Kakaoduft weckte sie. Gemeinsam beratschlagten sie, was sie heute unternehmen wollten. Die Waschbärschwester zeigte auf den großen Berg Post, der auf dem Küchentisch lag. „Ist da was für uns dabei?", fragte sie, immer in der Hoffnung, dass ihre Eltern geschrieben hätten. Igel Stachel sah sie an. Er hoffte so sehr, dass die Waschbäreltern sich bald beim Rot-Kreuz-Kranich melden würden.

Gleichzeitig zog sich ihm das Herz zusammen bei dem Gedanken, die Waschbärgeschwister eines Tages wieder an ihre Eltern abgeben zu müssen. Denn mittlerweile liebte er sie so, als wären sie seine eigenen Kinder. Igel Stachel strich der Waschbärschwester über den Kopf. Dann sagte er: „Nein, für dich allein ist keine Post gekommen. Aber für uns alle ist ein Brief gekommen." Mit diesen Worten zog er einen großen Umschlag aus dem Poststapel. „An Igel Stachel und die Waschbärkinder", stand auf dem großen Umschlag. Igel Stachel öffnete den Brief und breitete ihn auf dem Tisch aus. Eine große Schatzkarte kam zum Vorschein, auf der stand: „Sucht den versunkenen Schatz! Er ist am Fuße der großen Eiche mit den Zaubernüssen im Wichtelwald verborgen. Viel Glück! Eure Freunde."

„Unsere Freunde?", wunderte sich Igel Stachel. „Da steht ja gar kein Absender drauf." Er wendete den Brief hin und her. Es war wirklich nur die Schatzkarte darin, mit einer genauen Beschreibung eines Weges, der von der Igel-Stachel-Höhle direkt zum Wichtelwald und von dort zu der großen Eiche mit den Zaubernüssen führte. In der Nähe der Eiche war ein rotes

Kreuz gemalt und ein Glitzerstern angebracht. Die Waschbärkinder waren Feuer und Flamme. Sie wollten unbedingt diesen Schatz suchen!

So schnell hatten die Waschbärkinder noch nie ihr Frühstück verzehrt und das Fell sauber geschleckt. Da könnten sie die Gelegenheit der Schatzsuche gleich zum Pilzesammeln nutzen. Jedes Waschbärkind bekam ein Pilzkörbchen in die Hand. Mit der Schatzkarte und einem großen Rucksack ausgerüstet, machten sie sich auf den Weg. Mit Igel Stachels Hilfe gingen sie Wege entlang, die sie bisher noch nie im Wald gesehen hatten. Ganz enge Pfade führten durch Brombeerhecken und Waldheidelbeerbüsche hinein in den Wichtelwald. Er war ein eigener Teil des Igel-Stachel-Waldes. Immer enger und enger wurden die Wege, doch die vielen bunten Wichtelhütten am Wegesrand zeigten ihnen, dass sie sich auf dem richtigen Weg befanden. Nebenbei sammelten sie kleine Wichtelpilze und freuten sich, als sie endlich an der großen Eiche angekommen waren. Diese Eiche hing voller Zaubernüsse! Die Nüsse glitzerten und tauchten die Eiche in gleißendes Licht, wenn die Sonnenstrahlen auf sie fielen. Die Waschbärkinder hielten sich die Hände vor die Augen, so schön war der Baum. Hier, am Fuße der Eiche, sollte der Schatz vergraben sein. Auf der Karte war ein großes, rotes Kreuz. Sie waren angekommen!

Die Waschbärkinder gruben nach Leibeskräften, Igel Stachel half ihnen, und irgendwann machte es „Klong". Sie waren auf den Schatz gestoßen! Mit vereinten Kräften zogen sie eine große Metallkiste aus der Erde. Vorsichtig öffneten sie den großen Riegel, der die Kiste verschloss und trauten ihren Augen nicht: Alles, was sie liebten, war darin: Schnecken im Schokomantel für Igel Stachel, Nüsse und Eicheln für die Waschbären, kleine Käfer und Würmer und die geliebte Trinkschokolade der Waschbärkinder. Ganz auf dem Boden der Kiste klebte ein Zettel. Auf ihm stand: „Herzlichen Glückwunsch! Ihr habt alles gefunden! Eure Freunde, die Maulwurfsfamilie".

Die Waschbärkinder waren glücklich. Was für wunderbare Freunde sie hatten! Sie beschlossen, den Wichtelwald wieder zu verlassen und sich bei der Maulwurfsfamilie zu bedanken. Vorher wollten sie noch schnell die Pilzkörbchen vollsammeln, um auch den Maulwürfen etwas davon abgeben zu können.

„Oh, hier ist aber ein schöner Pilz", sagte die Waschbärschwester und hielt einen ganz besonders schönen roten Pilz mit weißen Flecken in die Höhe.

„Nicht!", sagte Igel Stachel, „auf keinen Fall diese roten Pilze essen. Das sind Fliegenpilze, die sind giftig!"

Die Waschbärschwester erschrak. Das hatte sie nicht gewusst. Plötzlich hörten sie an der anderen Seite der Eiche ein ohrenbetäubendes Knurren und ein verzweifeltes Gurren. Schnell umrundeten alle drei die Eiche und sahen Schreckliches: Eine Wildkatze hatte sich über zwei Tauben hergemacht. Die Wildkatze war um einiges größer als die beiden Tauben, die sich wohl in den Wichtelwald verirrt hatten. Von der einen Taube war nicht mehr viel zu sehen, bis auf ein paar Federn, die aus dem Maul der Katze schauten.

Nun war die Katze dabei, auch die andere Taube zu jagen, die verzweifelt um ihr Leben gurrte. Sie war am Flügel verletzt, so dass sie nicht mehr fliegen konnte. Die Waschbärkinder standen da wie erstarrt. Igel Stachel überlegte nicht lange. Er nahm die beiden Waschbärkinder zu sich, nahm sie in seine Bauchfalte und rollte sich selbst fest zusammen. Dann holte er Schwung und rollte in schnellem Tempo auf die Wildkatze zu. Der herannahende Igel-Stachel-Ball machte ihr solche Angst, so dass sie einen Moment von der Taube abließ. Nun hatte der Ball die Katze erreicht und begann, seine Igelstacheln in ihr Fell zu bohren. Die Wildkatze heulte auf und machte einen großen Satz, von der Taube weg, hin zum nächsten Baum. Dort verharrte sie und wartete. So schnell wollte sie von ihrer Beute nicht lassen. Doch der Igelball blieb nicht neben der Taube liegen. Er setzte sich erneut in Bewegung, wieder auf die Wildkatze zu. Das war zu viel. Mit großen Sätzen ergriff sie die Flucht und machte sich auf und davon.

Eine kleine Weile blieb der Igel-Stachel-Ball noch liegen. Als er sicher war, dass die Wildkatze wirklich in die Flucht geschlagen war, rollte er sich langsam wieder aus. Die Waschbärkinder waren ganz verknittert und schüttelten sich. Sofort liefen sie zu der verletzten Taube. Sie zitterte. Langsam näherten sie sich der Taube und reichten ihr ein paar Körner aus der Schatzkiste der Maulwürfe. Vorsichtig streckte die Taube ihren Schnabel vor und pickte ein paar Körner auf. Sie war ganz entkräftet und konnte kaum ihren Hals recken. Die Waschbärschwester gab ihr etwas Wasser zu trinken. Dankbar blickte die Taube auf und trank gierig. Der Waschbärbruder, der das größte Pilzkörbchen hatte, sammelte derweil Moos von den Bäumen, um die Taube nach Hause transportieren zu können. Vorsichtig legten sie die verletzte Taube in das Mooskörbchen und brachten sie in ihre Höhle.

Igel Stachel baute der Taube vor seiner Höhle einen Taubenschlag und kümmerte sich um den verletzten Flügel. Für heute war es zu spät, zum Rot-Kreuz-Kranich zu gehen. Igel Stachel legte ihr einen provisorischen Verband an, um den Flügel zu schonen. Nun konnte sich die Taube erst mal erholen, hier, in Sicherheit. Stachel und die Waschbären aber gingen hinüber zu den Maulwürfen, um sich für den tollen Schatz zu bedanken. Sie erzählten den Maulwurfskindern von ihrem Abenteuer, luden sie ein, die Taube zu besuchen und schliefen dann glücklich ein.

Igel Stachel
und der Wolkentiger

Am nächsten Morgen kochte Igel Stachel nicht sofort Kakao, sondern wollte erst nach der kranken Taube schauen und ihr Futter geben. Igel Stachel öffnete die Höhlentür. Der Wind pfiff. Es war so neblig draußen, dass er die eigene Pfote nicht vor den Augen sehen konnte. Als er die Tür des Taubenverschlages öffnete, hörte er nicht nur das aufgeschreckte Gurren der Taube, sondern auch ein furchtbares Gebrüll, was ihn zusammenzucken ließ. Wie aus dem Nichts formte der Nebel einen Wolkentiger, der seine scharfen Krallen zu heben und direkt auf Igel Stachel zuzuspringen schien. Dazu brüllte er wie wild.

Igel Stachel ließ vor Schreck die Taubenfutterdose fallen und rollte sich zusammen. Durch einen Spalt in seinem dichten Fell sah er, wie der Nebel sich um seinen Körper zusammenzog und der Wolkentiger immer näher rückte. Igel Stachel nahm all seinen Mut zusammen und rollte auf das Ungeheuer zu. Er rollte und rollte – doch es gab keinen Widerstand. Es war, als wenn er durch den Wolkentiger hindurchrollte. Als er so lange gerollt war, dass ihm schwindelte, hielt er an. Nach einiger Zeit wagte er es, durch einen Fellspalt hinauszuschauen, und sah, dass der Nebel sich zurückgezogen hatte. Der Wolkentiger auch. Es regnete. Igel Stachel stand auf, klopfte sein Fell und ging zurück zum Taubenverschlag. Vorsichtig schaute er hinter jedem Baum, ob der Wolkentiger ihm auflauerte. Doch nichts. Er war – wie der Nebel – einfach verschwunden und mit ihm das fürchterliche Brüllen. So schnell ihn seine kleinen Beine trugen, lief er zurück zu seiner Höhle. Auch hier war regennasse Stille. Nur die kranke Taube gurrte in ihrem Verschlag vor Hunger. Schnell sammelte Igel Stachel die heruntergefallenen Körner wieder ein und gab der Taube ihr Frühstück. Dankbar pickte sie alles auf. Igel Stachel betrachtete ihren gebrochenen Flügel und wechselte den

Verband. Die Wunde sah schon viel besser aus. Bald würde die Taube wieder fliegen können. Er strich ihr über das grau-weiße Federkleid und ging ins Haus, um nach seinen Waschbärkindern zu schauen.

Wieder hörte er das vertraute Geräusch: „Ccccchhhh Püüüh, Ccccchhhh Pühhh!" Vorsichtig lugte er ins Waschbärkinderzimmer. Und tatsächlich: Die Waschbären schliefen immer noch. Nichts hatten sie mitbekommen von dem gefährlichen Wolkentiger. Igel Stachel setzte sich in die Küche und atmete tief durch. Dann begann er, die Milch für die noch schlafenden Waschbärkinder warm zu machen. Heute würde er einen Kakao mittrinken. Den hatte er sich jetzt verdient.

Igel Stachel
und die Nussknackerspinne

An diesem Morgen war es der Waschbärbruder, der als Erstes wach wurde und zu Igel Stachel in die Küche gelaufen kam. Kurze Zeit später kam auch die Waschbärschwester dazu, setzte sich an den Küchentisch und weitete die Augen, als sie das Titelbild der Waldpost sah. Igel Stachel hatte die Zeitung abonniert, weil die Waschbärschwester im Gegensatz zu Igel Stachel schon lesen konnte. So hielt sie Schlängli und Igel Stachel immer über Neuigkeiten auf dem Laufenden.

Laut las die Waschbärschwester die Zeilen vor, die unter dem Titelbild der heutigen Ausgabe der Waldzeitung gedruckt waren: „Warnung!“, hieß es da in großen Lettern: „Große Nussknackerspinne ausgebrochen aus dem Zoo! Fünfzig Beine, schwarz, behaart und furchterregend. Jeder rette sich!“ Die Waschbärschwester ließ die Zeitung sinken. Der Waschbärbruder riss die Augen weit auf und betrachtete das Titelbild mit der Riesenspinne angstvoll. Dann sahen die beiden Waschbärkinder Igel Stachel an. Doch der verstand nicht. Erst als der Waschbärbruder: „Die Maulwurfsfamilie! Die Maulwurfskinder sind heute allein in der Höhle, weil die Eltern unterwegs sind, um Futter zu suchen“, sagte, verstand auch Igel Stachel. Die Maulwurfsfamilie konnte natürlich auch keine Zeitung lesen. Sie mussten die Maulwurfskinder warnen vor der Spinne.

So schnell sie konnten, rannten die drei zur Maulwurfshöhle. Und tatsächlich: Nur die fünf Kinder waren zu Hause. Schnell warnten die Waschbären und Igel Stachel die Maulwurfskinder vor der Spinne – doch zu spät: Schon sah Igel Stachel die Riesenspinne hinter einem Baum hervorlinsen, bereit, sich auf sie alle zu stürzen.

Igel Stachel nahm die Waschbärkinder und auch alle fünf Maulwurfskinder in seine Bauchfalte und rollte sich so schnell er konnte ein. Gerade noch rechtzeitig, denn die Spinne hatte schon zum Sprung angesetzt. Doch sie schreckte vor dem Igelball zurück, der sich da vor ihr auftürmte. Die Spinne war so groß, dass sie den Igelball um einen ganzen Meter überragte. Igel Stachel schwitzte.

So gut er konnte, hielt er alle Maulwurfs- und Waschbärkinder in seiner Bauchfalte in Sicherheit und rollte weiter auf die Spinne zu, in der Hoffnung, dass sie endlich Reißaus nahm. Doch nichts geschah. Im Gegenteil, die Spinne streckte einige ihrer fünfzig Beine nach dem vor ihr liegenden Igelball aus. Die Stacheln schienen die Spinne nicht zu stören. Nun machte sie sich daran, den Stachelball hochzuheben und ihn zu schütteln, um an die Maulwurfs- und Waschbärkinder im Innern der Igelkugel zu gelangen.

Igel Stachel war verzweifelt. Das erste Mal in seinem Leben wusste er nicht weiter und hatte große Angst. Der Igelball wurde von der Riesenspinne hin und her geschüttelt, dass die Tierkinder in der Bauchfalte von Igel Stachel nur so umherpurzelten. Plötzlich schaute der Waschbärbruder Igel Stachel fest an. Dann murmelte er mit seiner leisen Waschbärkinderstimme: „Hoffnung geben und Mut machen konntest du doch immer, Igel Stachel. Den Rest machen wir." Der kleine Waschbär gab den Tierkindern ein Zeichen. Sie hatten verstanden und taten etwas Unglaubliches: Sie fingen an zu singen. Erst leise, doch dann immer lauter und lauter ertönte aus dem Bauch vom Igel Stachel das Kinderlied, das Igel Stachel seinen Waschbärkindern immer vorsang, wenn sie Angst hatten: „Waschbär, mutiger Waschbär, sei nicht traurig, denn du bist nicht allein. Wir alle lieben dich so sehr, kleiner lieber Waschbär, sei nicht traurig, nimmermehr, denn du bist nicht allein." Die Maulwurfskinder kannten und liebten das Lied auch. Und so sangen alle sieben Kinder im Bauch vom Igel Stachel das Waschbär-Mutmachlied.

Die Spinne erstarrte. Sie hasste Musik. Die Töne hatten eine Frequenz, die ihr ins Ohr stach und ihr große Angst machte. Die Kinder sangen, weiter und weiter, fest eingerollt in das Bauchfell von Igel Stachel, so laut sie konnten. Die Nussknackerspinne schüttelte sich, ließ den Igelball los und machte einen großen Satz nach hinten, um die Musik nicht aus solcher Nähe hören zu müssen. Während des Sprungs verknoteten sich zehn ihrer fünfzig Beine ineinander. Doch die Kinder sangen weiter, immer lauter und lauter: „Waschbär, mutiger Waschbär, sei nicht traurig, denn du bist nicht allein ..." Die Nussknackerspinne jaulte auf und krabbelte mit ihren restlichen vierzig Beinen zurück in die Tiefen des Waldes.

Igel Stachel wartete sehr lange, bis er sich sicher war, dass die Spinne nicht wiederkommen würde. Erst dann öffnete er seinen Igelball und ließ die Tierkinder vorsichtig ins Freie. Sie waren alle sehr zerknautscht. Ängst-

lich schauten sie sich um. Die Maulwurfseltern waren in der Zwischenzeit zurückgekommen. Schreckerfüllt hatten sie mit angesehen, was sich zwischen der Spinne und dem Igel Stachel und ihren Kindern zugetragen hatte. Nun kamen sie so schnell wie möglich aus dem Maulwurfsbau geklettert und schlossen ihre fünf Kinder in ihre Arme. „Ihr seid unverletzt, wie wunderbar!", sagten die Maulwurfseltern. Dicke Maulwurfstränen glitten ihnen vor Freude über die Wangen.

„Wir haben tapfere Kinder", sagte Igel Stachel zu den Maulwurfseltern, und streichelte den Waschbärkindern und den Maulwurfskindern über das Fell. „Sie haben das einzig Richtige getan: gesungen! Davor hatte die Spinne Angst. Ich wäre nie darauf gekommen. Großartig, Kinder!"

Gemeinsam aßen die Maulwurfsfamilie und Igel Stachel mit seinen Waschbärkindern ein großes Stück Maulwurfskuchen, bevor sie nach Hause gingen. Dort wartete der Rot-Kreuz-Kranich und teilte ihnen mit, dass die böse Spinne im Wald wieder eingefangen werden konnte und in den Zoo zurückgebracht worden war. „Ein Glück", seufzte der Waschbärbruder. Er fütterte die kranke Taube und balgte dann noch ein wenig mit der Waschbärschwester im Gras vor der Höhle herum, bevor beide erschöpft einschliefen.

Igel Stachel
und das Regenmonster

Beim Frühstück am nächsten Morgen schaute die Waschbärschwester sehnsüchtig aus dem Fenster der Igel-Stachel-Höhle. Die Brombeerhecke vor der Höhle war über und über mit Beeren bedeckt. Die Früchte rochen wunderbar. „Wir wollen eine Beerentorte backen!", sagte die Waschbärschwester und schaute Igel Stachel aus ihren blanken Augen an. „Bitte!"

Auch der Waschbärbruder fiel nun ein: „Ja, eine Beerentorte, eine Beerentorte!"

Igel Stachel schaute auch aus dem Fenster. Die Brombeeren rochen zwar verführerisch, aber der Himmel war grau und bedeckt. „Dann müssen wir aber schnell, bevor uns der Regen einholt, gehen", sagte Igel Stachel, „und neben den Brombeeren vor der Höhle rote Beeren im Beerenwald sammeln." Er stand auf, holte aus der Vorratskammer drei leere Beerenkörbchen und los ging es. Alle drei bemerkten nicht, dass sie von einer großen, grauen Regenwolke verfolgt wurden. Die Wolke heftete sich an ihre Pfoten und ließ sie vom Himmel aus nicht aus den Augen.

Igel Stachel und die Waschbärkinder liefen und liefen, bis sie zu einer Stelle kamen, wo viele Himbeeren und Erdbeeren wuchsen. Ein Beerenparadies. Sie sammelten, bis alle drei Körbchen voll waren. Die Regenwolken zogen sich immer mehr über ihnen zusammen. Auch die große, graue Wolke, die sie von Anfang an verfolgt hatte, war noch da. Sie wurde immer größer und gewaltiger und kam immer näher. Plötzlich wuchsen der Wolke graue Arme und Beine, die sich geradewegs auf Igel Stachel und die Waschbärkinder zubewegten.

Der kleine Waschbärbruder sah die Wolke als Erster, zupfte Igel Stachel am Stachelkleid und zeigte entsetzt nach oben: „Schau mal, Igel Stachel, ein Regenmonster!"

Igel Stachel schaute nach oben. Nun sah er es auch: In der großen, grauen Wolke hatte sich tatsächlich ein Regenmonster eingenistet. Es schälte sich nun aus seiner grauen Verkleidung und schien größer und größer zu werden und geradewegs vom Himmel auf die Erde hinunterzuklettern. Schon hatten seine Finger die Zweige der Eiche erwischt.

Als es den Waschbärbruder mit seinen Armen ergreifen wollte, packte Igel Stachel in letzter Sekunde beide Waschbärkinder, versteckte sie in seiner Bauchfalte, rollte sich mit ihnen ein und ließ sich unter einen Himbeerstrauch kullern. Der Regen begann, der Donner grollte, und das Regenmonster versuchte, den Igelball mit seinen grauen, langen Händen zu greifen. Es lachte fürchterlich, und Igel Stachel merkte, wie die Waschbärkinder in seiner Bauchfalte zitterten.

Da machte es „Pfff", so, als ob aus einem Reifen jemand die Luft herausgelassen hätte. „Pfffff" machte es wieder und wieder, während es vor sich hin regnete und regnete. Igel Stachel lauschte vorsichtig ins Nasse hinein. Dann blinzelte er aus seinem Fell. Nichts. Langsam erhob er seinen Blick zum Himmel. Die Regenwolke, die dem Regenmonster Schutz geboten hatte, wurde immer kleiner. Und je kleiner die Regenwolke wurde, desto kleiner wurde auch das Regenmonster, bis es nur noch so groß wie ein Kieselstein war. Das Monster brauchte die Wolke anscheinend, um groß und unheimlich zu werden.

Das numehr winzige Monster gestikulierte immer noch wild vor sich hin und versuchte, den Igelball in seine Arme zu bekommen. Aber vergeblich. Mit einem letzten „Pffff" hörte der Regen ganz auf. Die Regenwolke verschwand und mit ihr das Regenmonster.

Stattdessen kam jetzt die Sonne zum Vorschein. Und wie sie auf die letzten Tropfen schien, entstand ein wunderschöner Regenbogen, der in allen Farben leuchtete. Igel Stachel wartete noch einen Moment. Dann, als er sicher war, dass das Regenmonster wirklich verschwunden war, ließ er seine Waschbärkinder aus der Bauchfalte schlüpfen.

Die Waschbären schüttelten sich. Verschreckt schauten sie vom Regenbogen zu Igel Stachel und zurück. „Was immer dieses Monster war – jetzt ist es weg. Es gibt nun keine Gefahr mehr, ihr Lieben", sagte Igel Stachel. „Lasst uns schnell die Beerenkörbchen mit nach Hause nehmen und die Torte backen, die ihr euch so gewünscht habt!"

Etwas schneller als sonst nahmen die Waschbärkinder ihre Beerenkörbchen auf und liefen nach Hause. Vor der Höhle pflückten sie noch die fehlenden Brombeeren. Dabei bemerkten sie, dass der Taubenverschlag leer war. Die kranke Taube konnte wieder fliegen! Die Waschbärkinder waren glücklich und halfen Igel Stachel dann, den Teig für den Kuchen zu rühren.

Schlängli kam dazu und staunte nicht schlecht über das Regenmonster und das Abenteuer im Beerenwald. Es wurde eine der leckersten Beerentorten, die die Waschbärkinder jemals gegessen hatten. „Die ist fast so gut wie die Beerentorte von Papa“, sagte der Waschbärbruder fröhlich schmatzend, während er noch ein Stück aß, und noch eins, „so lecker ist die.“ Erst nach einer Weile merkte er, dass die Waschbärschwester aufgehört hatte zu essen und leise in sich hineinschluchzte. Bestürzt ließ auch er den letzten Kuchenkrümel fallen.

Igel Stachel strich der Waschbärschwester über das Fell. „Keine Sorge“, sagte er, während er die Beerenteller wegräumte und die Betten der Waschbärkinder aufschüttelte, „morgen gehen wir an meinen Lieblingsfluss mit Schlängli picknicken und auf dem Weg dorthin fragen wir den Rot-Kreuz-Kranich nach euren Eltern. Seid unbesorgt – wir werden sie bald finden.“

Igel Stachel
und der Flussgeist

Igel Stachel hielt Wort. Am nächsten Morgen standen die Picknickrucksäcke bereits an der Höhlentür, als die Waschbärgeschwister aufstanden und ihren Kakao schlürften. Bisher kannten die Waschbärkinder den Fluss noch nicht. Schnell waren köstliche Brote, die Schneckensandwiches, etwas zu trinken und eine Tüte Käferbonbons zurechtgelegt und im Wanderrucksack verstaut. Bevor sie losgingen, klopfte es an der Höhlentür, und Schlängli stand davor. Auch sie wollte mit zum Fluss kommen zum Picknick. Sie hatte eine tote Maus im Maul und gab sie Igel Stachel. Der klemmte die Maus zwischen zwei Brotscheiben und packte sie für Schlängli in den Rucksack. Die Waschbärschwester trug die Picknickdecke und der Waschbärbruder die Mundharmonika.

So machten sie sich auf durch den Igel-Stachel-Wald, vorbei an blühenden Blumen und nach Frühling duftenden Wiesen. Mit Igel Stachel gemeinsam summten sie ein Lied und waren bald angekommen in der Mitte des Waldes, dort, wo der Rot-Kreuz-Kranich sein Krankennest hatte. Als der Kranich die Waschbärkinder, Igel Stachel und Schlängli kommen sah, flog er direkt zu ihnen. Er schüttelte mit dem Kopf, und die Waschbärgeschwister wussten sofort, was das zu bedeuten hatte.

„Leider keine Nachricht von euren Eltern“, sagte der Rot-Kreuz-Kranich und legte seine Flügel auf die Köpfe der Waschbärkinder, „aber wir haben beschlossen, im Beerenwald und im Zwergen-Wichtel-Wald noch mal nachzufragen. Kommt nächste Woche wieder.“ Etwas hellten sich bei diesen Worten die Gesichter der Waschbärkinder auf. Schlängli bot ihnen an,

sie auf ihrem Rücken zum Fluss zu tragen, um sie die schlechte Nachricht vergessen zu lassen. Das nahmen die Waschbärkinder gern an.

Schnell wie der Blitz waren sie am Fluss und auf der Picknickwiese. Sie lag genau in der Flussbiegung. Der Fluss plätscherte friedlich dahin, die Steine glänzten im Wasser, und kleine Frösche hüpften zur Freude der Waschbärkinder den Flusslauf entlang. Aber was lag dort überall herum? Die Wiese und der Fluss waren voll von abgenagten Äpfeln, Plastiktüten und Flaschen. Die Tiere waren umgeben von stinkenden Joghurtbechern, Plastikdosen und Essensresten. Einiges davon wurde den Fluss hinuntergetragen und störte die Frösche beim Hüpfen. Doch die Waschbärkinder, Schlängli und Igel Stachel ließen sich davon nicht beeindrucken. Sie sammelten eine Tüte mit Müll voll, damit sie ein freies Plätzchen auf der Wiese hatten und breiteten ihre Sachen aus für das Picknick.

Als Igel Stachel und Schlängli gerade die Waschbärkinder rufen wollten zum Essen, wurden alle vier durch ein fürchterliches Grollen aufgeschreckt. Der Fluss gurgelte auf einmal gefährlich und brummte. Jetzt kam aus ihm eine tiefe, dunkle Stimme, die sagte: „Wer wagt es, an meinem Flussufer zu picknicken? Wer wagt es, mir wehzutun?"

Die Gesichter der Waschbärkinder erstarrten vor Schreck. So schnell sie konnten, suchten sie bei Igel Stachel Schutz. Immer lauter wurden das Donnern und Grollen des Flusses: „Was wollt ihr hier? Ihr sollt mich und meinen Fluss in Ruhe lassen!"

Igel Stachel wagte zu sprechen: „Wer bist du? Wir tun dir doch gar nichts."

Da antwortete die Stimme wieder: „Ich bin der Flussgeist. Ich wohne hier unter dem Flussbett. Der Fluss ist mein Leben, ohne ihn kann ich nicht sein. Ihr stört!"

„Aber warum denn?", wagte Igel Stachel noch mal seine Stimme zu erheben, wir wollten doch nur ganz in Ruhe neben deinem Fluss auf der Wiese picknicken."

„Das ist ja das Problem", antwortete der Flussgeist, diesmal mit etwas weniger Grollen in der Stimme, aber immer noch so laut, dass der Igel Stachel sich und den Waschbärkindern die Ohren zuhalten musste, „alle Tiere des Waldes picknicken auf der Wiese neben meinem Fluss. Und alle lassen ihren Müll hier liegen. Schaut doch mal, wie das hier aussieht." Der Flussgeist spritzte einen gewaltigen Wasserschwall auf die Müllhaufen der Wiese und auf die leeren Flaschen und Plastikbehälter, die den Fröschen im Fluss das Hüpfen erschwerten. „Und hier", donnerte der

Flussgeist, „seht doch, was dann passiert. Beim nächsten Wind wird der Müll in meinen Fluss geweht. Und da liegt er dann und tut mir weh, behindert meine Flusstiere und geht nicht mehr weg. Plastik verrottet nicht!"

Da piepste die leise Stimme des Waschbärbruders: „Und wenn wir den Müll aufsammeln würden? Unseren und auch den der anderen Tiere? Wäre es dann gut und du wärst nicht mehr böse?"

Plötzlich war es still. Es schien, als würde der Flussgeist überlegen, ob er dieses Angebot annehmen könnte. Nach einer Weile tönte es aus dem Flussbett: „Würdet ihr das tun? Den ganzen Müll aufsammeln, der mir hier auf dem Rücken herumliegt?"

„Ja, natürlich", piepste jetzt die Waschbärschwester, „wir wollen doch auch nicht, dass du verschmutzt wirst. Die armen Frösche können ja gar nicht mehr hüpfen wegen des Mülls."

„Na, wenn das so ist", dröhnte es aus dem Flussbett jetzt schon viel freundlicher, „dann dürft ihr hier gern picknicken. Ich habe dann noch eine Überraschung für euch, wenn ihr wirklich den Müll mitnehmt. Habt also keine Angst. Ich tue euch nichts." Mit diesen Worten verabschiedete sich der Flussgeist.

Beim Picknick auf der Wiese betrachteten alle neugierig den Fluss. Ein richtiger Flussgeist. Beim genaueren Hinschauen sahen sie tatsächlich die vielen Flaschen, Plastikfolien und Taschentücher, die andere Tiere und Menschen beim Picknicken auf der Wiese gelassen hatten und die in den Fluss gespült worden waren. Der Fluss sah schrecklich aus. Die Waschbärkinder hatten Mitleid mit dem armen Flussgeist, der sich nicht gegen den Müll wehren konnte und ihm schutzlos ausgeliefert war. Sie mussten ihm helfen. Die leckeren Käferplätzchen noch im Mund, nahmen sie, Schlängli und Igel Stachel drei große Tüten und sammelten Müll, bis sie nicht mehr konnten.

Und tatsächlich: Alle drei Tüten wurden voll. Als der Waschbärbruder die leeren Plastikflaschen im Fluss einsammelte, hüpfte ein Frosch auf seinen Waschbärarm, schaute ihn kurz an, als wollte er sich bedanken, und hüpfte dann wieder zurück in den Flusslauf. Nun konnten die Frösche wieder die vielen kleinen Mücken fangen, die dort herumflogen, ohne dabei über den Plastikmüll zu stolpern. Der Waschbärbruder lachte – der Frosch hatte ihn gekitzelt.

Als die drei erschöpft waren vom Müllsammeln und auf ihrer Picknickdecke bei einem Käfersandwich verschnauften, hörten sie wieder die donnernde Stimme des Flussgeistes. Sie klang aber diesmal nicht so grollend und furchterregend, sondern etwas höher: „Danke, ihr lieben Waschbärkinder, Schlängli und Igel Stachel", sagte der Flussgeist, immer noch laut, aber nicht mehr wütend. „Ihr habt mich gerettet und mir und den im Fluss lebenden Tieren eine große Freude gemacht. Zum Dank mache ich euch jetzt eine Freude. Schaut mal her!"

Mit diesen Worten erhob sich eine riesige Wasserrutsche im Flussbett. Sie hatte keinerlei Halterungen und wirkte wie von Geisterhand getragen. Eine kristallene Leiter führte hinauf. Vorsichtig näherten sich die Waschbärkinder der Leiter, erklommen sie und rutschten die Rutsche hinab in den Fluss. Es war ein wunderbares Vergnügen! Am Ende der Rutsche hörten sie ein Gluckern, als freute sich der Flussgeist, dass die Kinder Spaß hatten.

So rutschten sie bis in den späten Nachmittag hinein. Als sie sich wieder angezogen, alles eingepackt und die Müllsäcke über die Schulter genommen hatten, winkten sie dem Fluss und dem darunter wohnenden Flussgeist zu. Er gluckerte noch einmal und schoss eine Fontäne in den Himmel, so, als winkte er zurück. Die Waschbärkinder jauchzten. Nie wieder würden sie Müll und Plastik irgendwo in der Natur herumliegen lassen. Es konnte ja sein, dass ein Flussgeist in der Nähe war. Oder ein Wiesengeist. Oder ein Baumgeist. Man konnte nie wissen.

Igel Stachel
und das Wunderhuhn

Die Wochen vergingen, doch von den Waschbäreltern kam kein Lebenszeichen. Die Kinder vermissten ihre Eltern sehr, so gerne sie auch bei Igel Stachel, Schlängli und der Maulwurfsfamilie lebten. Stachel tat sein Bestes, um den Waschbären die Zeit bei ihm so schön wie möglich zu machen. Dann war das letzte Wochenende gekommen, bevor die Waschbärschwester in die Waldkinderschule kommen sollte, gemeinsam mit der zweitältesten Maulwurfstochter. An diesem Wochenende wachten die Waschbärkinder auf und sahen, dass Igel Stachel die Schubkarre mit den drei Wanderrucksäcken vor die Tür gestellt hatte – ein untrügliches Zeichen, dass sie dieses Wochenende verreisen werden. Wohin, verriet Igel Stachel nicht. Die Waschbärkinder waren aufgeregt. Zu dritt wanderten sie los, bis zu einer schönen Lichtung, auf der ein großer Baum mit einer geräumigen Höhle stand.

Ein freundlicher Braunbär wohnte darin. Er brummte ein „Herzlich Willkommen" und ließ sie ein. Dann zeigte er ihnen ihre Ferienbaumhaushöhle. Als der Waschbärbruder aus dem Fenster der Braunbärenwohnung schaute, sah er eine Art Baumhaus, das zwischen ein paar Bäumen gebaut war. Plötzlich hörte er ein lautes Gack, Gack – Plopp. Der Braunbär erklärte ihnen, dass dort draußen sein Wunderhuhn wohne, ein riesiges Huhn mit weißen Federn, was dreimal so groß sei wie Igel Stachel und fast so groß wie er selbst, der Braunbär. Die Waschbärkinder schauten ungläubig. Doch der Braunbär fuhr fort, immer wenn das Huhn gackere und es dann Plopp mache, lege es ein Ei. Wenn man sich etwas wünsche, könne das Huhn den Wunsch erfüllen.

„Na, wollt ihr mal probieren, ob es bei euch auch klappt?", fragte der Braunbär und schaute die Waschbärkinder freundlich an. Die beiden nickten. Gemeinsam gingen sie nach draußen, um das Wunderhuhn zu bestaunen.

Es war wirklich riesig, mit seinen weißen Federn und dem Kopf, der bis zu den Baumwipfeln reichte.

Der Waschbärbruder versteckte sich ängstlich hinter dem Rücken seiner Schwester. Doch das Huhn war freundlich und beugte sich zu ihnen herunter, um die Wünsche der Waschbärkinder hören zu können. Zuerst wünschte sich der Waschbärbruder, der vorsichtig hinter dem Rücken seiner Schwester hervorkam, eine Schokoschnecke. Gack, Gack – Plopp machte es. Das Huhn legte ein riesiges Ei, was der Waschbärbruder allein gar nicht aufbekam, weil es größer als er selber war. –Tatsächlich: Im Ei lag eine Schokoschnecke.

Nun konnte die Waschbärschwester nicht mehr länger warten. Auch sie flüsterte dem Wunderhuhn etwas ins Ohr. Es dauerte eine Weile, dann war mit dem nächsten Gack, Gack – Plopp ein weiteres Ei da. Die Waschbärschwester jauchzte – in ihrem Ei lag das gewünschte Kuscheltierküken. Danke, liebes Wunderhuhn!

Als die Waschbärschwester gerade das Kuscheltierküken an sich drücken wollte, versetzte ihr der Waschbärbruder einen Stoß in den Rücken und schrie: „Ein Fuchs, ein Fuchs!“ Und tatsächlich stürzte sich ein Fuchs in diesem Moment auf das Wunderhuhn.

Doch das Huhn hatte keine Angst vor ihm, sondern fing fürchterlich an zu lachen, als es den Fuchs sah. Der ging dem riesigen Huhn gerade mal bis zur Schwanzfeder! Noch bevor er richtig zum Sprung ansetzen konnte, packte das Wunderhuhn ihn mit dem Schnabel am Schwanz und wedelt ihn durch die Luft. Dann ließ es ihn plötzlich los, und der Fuchs landete auf den Zweigen des nächsten Baums. Kleinlaut kletterte er herunter und ward nie wieder gesehen auf der Lichtung des Braunbären mit seinem Wunderhuhn.

Die Waschbärkinder verabschiedeten sich von dem Wunderhuhn und traten ein in die Baumhaushöhle, die für das Wochenende ihr Zuhause sein würde. Igel Stachel hatte schon alles vorbereitet. Es wurde ein wunderbares Wochenende. Nun freute sich die Waschbärschwester schon auf die Schule hier im Igel-Stachel-Wald. Lesen konnte sie schon, aber mit dem Schreiben hatte sie noch Mühe. Am Abend vor dem ersten Schultag wollten sie noch gemeinsam Kekse backen – das hatte Igel Stachel ihnen versprochen. Morgen war es so weit.

Igel Stachel
und das kleine Keksmonster

Igel Stachel hielt sein Versprechen. An Vorabend des Schulanfangs backten sie gemeinsam Kekse und ließen sie über Nacht am offenen Fensterbrett auskühlen. Doch am nächsten Morgen, an dem die Waschbärschwester ihren ersten Schultag in der Waldkinderschule hatte, bemerkte der Waschbärbruder, dass die Kekse alle verschwunden waren. Nur ein paar Krümel lagen noch da. Der Waschbärbruder fing an zu weinen. So sehr hatte er sich auf die leckeren Schokoladenkekse gefreut. Igel Stachel war verwundert. Beide Waschbärkinder beteuerten, nichts mit dem Verschwinden der Kekse zu tun zu haben.

Als die Waschbärschwester am Nachmittag aus der Schule wiederkam, backten sie die Kekse einfach noch mal. Wieder ließen sie sie am offenen Fenster auf dem Fensterbrett auskühlen. Doch diesmal war es Tag, und sie beschlossen, genau hinzuschauen, ob wieder jemand die Kekse wegnehmen würde. Und es dauerte nicht lange, da sahen die drei, wie eine kleine, dunkelblaue Fellhand die Kekse vom Fensterbrett stibitzte und blitzschnell wieder verschwand.

Die Waschbärkinder schauten sich verwundert an. Igel Stachel bedeutete ihnen, sie mögen in der Höhle bleiben, während er sich leise durch die Hintertür nach draußen schlich. Und wieder sahen die Waschbärkinder, wie die dunkelblaue Hand blitzschnell einige Kekse nahm und wieder zurückzuckte. Dann hörten sie etwas quieken, und Igel Stachel sagen: „Ruhig, bleib ruhig, wir tun dir nichts."

Die Tür öffnete sich, und Igel Stachel kam herein. In seiner Pfote hielt er ein kleines, blaues Ding, das fürchterlich strampelte. Es war ein Keksmonster, über und über mit Krümeln übersäht. Ganz verängstigt war es, mit kuscheligem Fell, buschigen Augenbrauen und einer weißen Stupsnase. Es war sehr klein. Seine dunklen, fast schwarzen Augen füllten sich mit Tränen.

Vorsichtig ließ Igel Stachel es auf den Boden sinken. Dort blieb es erst einmal verängstigt sitzen. Die Waschbärkinder schauten es neugierig an. Angst hatten sie nicht – auch sie merkten, dass das Keksmonster ihnen nichts tun würde, im Gegenteil. Es hatte vor ihnen mehr Angst als umgekehrt. Das Keksmonster fasste Vertrauen und bekam von Igel Stachel einen Kakao angeboten. Langsam erzählte es, warum es im Igel-Stachel-Wald unterwegs war.

Es berichtete von seinem bösen Onkel, der die Keksmonsterfamilie immer in Angst und Schrecken versetzte, wenn er sie besuchen kam. Der Onkel, so erzählte das kleine Keksmonster, war der große Bruder seines Vaters. Das kleine Keksmonster liebte seinen Vater und seine Mutter über alles, aber sein lieber Vater konnte sich nie durchsetzen gegen seinen älteren Bruder. In der Keksmonsterfamilie war der älteste Bruder der Familie der Bestimmer. Das war schon immer so. Und so konnte der Vater des Keksmonsters nur tatenlos zusehen, wie das kleine Keksmonster von dem bösen Onkel schlecht behandelt wurde.

„Und deine Mama?", fragte die Waschbärschwester und dachte an ihre liebe Waschbärmutter zu Hause. „Die kann sich doch wehren und dich beschützen! Das machen Mamas doch immer!" Auch Igel Stachel dachte an seine starke Mutter. Sie hatte ihre Kinder stets vor allen Gefahren beschützt.

Das kleine Keksmonster sah die Waschbärschwester mitleidig an. „Die Keksmonsterfrauen haben nichts zu sagen bei uns", sagte das kleine Keksmonster traurig, „niemand hört auf sie oder nimmt sie ernst. Dabei ist meine Mama eine kluge und herzensgute Frau. Aber gegen meinen Onkel kann sie nichts machen." Wieder schluchzte das kleine Keksmonster fürchterlich. „Immer, wenn dieser böse Onkel kommt", fuhr das kleine Keksmonster fort, „haut er mich. Dabei habe ich nie etwas Schlimmes angestellt." Ein Schniefen erfüllte den Raum.

„Und was macht dein Papa dann?", fragte der kleine Waschbärbruder entsetzt. Noch nie hatte er von so einem fürchterlichen Onkel gehört. In der Familie der Waschbärkinder schlug niemand kleine Waschbären.

„Mein Papa? Kann nichts machen. Ich glaube, er hat selbst Angst vor seinem großen, bösen Bruder." Alle Keksmonster schienen diese komische Regel zu akzeptieren, dass der älteste Bruder alles darf und alle in der großen Keksmonsterfamilie ihm gehorchen müssen. Regelmäßig flüchtete deshalb das kleine Keksmonster in den Wald, bis der Onkel wieder weg war. Doch im Wald gab es nichts zu essen. Das kleine Keksmonster hatte deshalb furchtbaren Hunger, als es an der Igel-Stachel-Höhle vorbeigeschlichen kam. Darum nahm es die Kekse. „Es tut mir leid", sagte das kleine Keksmonster zu den

Waschbärkindern, „dass ich eure Kekse weggegessen habe. Ich backe mit euch neue, versprochen."

Die Waschbärkinder schauten das kleine Keksmonster mitfühlend an. Niemand konnte ihm jetzt mehr böse sein. Im Gegenteil, die Waschbärkinder beratschlagten mit Igel Stachel, was zu tun sei, um dem kleinen Keksmonster zu helfen. Es berichtete ihnen, wo es wohnte und dass der böse Onkel immer um zwei Uhr nachmittags seinen Spaziergang im Wald um das Haus herum macht.

Jetzt hatte Igel Stachel eine Idee. Er steckte etwas in seine Bauchfalte. Dann schärfte er den Waschbärkindern und dem Keksmonster ein, zu Hause zu bleiben und die Tür zu verschließen. Und dann ging er los, den Weg, den ihm das kleine Keksmonster beschrieben hatte. Bald fand er das Keksmonsterhaus und sah den riesigen blau-schwarzen Keksmonsteronkel, der sich für seinen Spaziergang bereit machte und das Haus verließ. Er sah in der Tat furchterregend aus. Igel Stachel nahm etwas Weißes aus seiner Bauchfalte und zog es sich über. Dann testete er, ob seine Igelstacheln auch spitz genug waren. Zum Schluss besorgte er sich zwei lange Holzstelzen und kletterte darauf. Er war nun dreimal so groß wie der böse Keksmonsteronkel. So ausgerüstet, stapfte er hinter einen Busch, bis der böse Keksmonsteronkel an diesem Busch vorbeikam. Dann, wie aus dem Nichts, sprang Igel Stachel in seinem Gespensterkostüm aus dem Busch hervor und lief auf den bösen Onkel zu.

Mit lauter Stimme sagt er: „Lass die Keksmonsterfamilie in Ruhe! Und wehe, du tust dem kleinen Keksmonster noch einmal weh! Dann komme ich und nehme dich mit in mein Geisterschloss! Buhuu!" Mit diesen Worten stelzte Igel Stachel in seinem weißen Gewand mit voller Wucht auf den verdutzten bösen Keksmonsteronkel zu und bohrte ihm seine Stacheln in den Bauch. Der Onkel schrie auf. Er versuchte, nach dem Igelgespenst zu schlagen, doch Igel Stachel war schneller. Er pikste ihm noch mal seine Stacheln in die Keksmonsterpfote, und wieder jaulte der Onkel auf. Nun floh er, sichtlich erschreckt, vor dem Igelgespenst. Igel Stachel tat so, als wolle er den bösen Onkel verfolgen, dann ließ er von ihm ab. Hinter einem Baum zog er sich um und steckte sein weißes Gewand wieder in seine Bauchfalte. Er klopfte sich die abgebrochenen Stacheln ab, schüttelte sich und trat den Heimweg an. Von Weitem sah er, wie der böse Onkel in heller Aufregung zum Keksmonsterhaus zurückrannte, die Igelstacheln überall im Fell.

Als Igel Stachel wieder nach Hause kam, warteten seine Waschbärkinder und das Keksmonster schon gespannt auf ihn. Igel Stachel zwinkerte ihnen zu. „Den habe ich schön erschreckt", sagte er, während er von seinem Auftritt erzählte. „Jetzt müssen wir nur noch abwarten, ob der böse Onkel tatsächlich früher abfährt als gedacht." Das kleine Keksmonster und auch die Waschbären schauten ihn ängstlich an. Er wusste, was in ihren Augen stand. „Natürlich darfst du heute hier bei uns schlafen, kleines Keksmonster", sagte Igel Stachel und spürte, wie alle drei Augenpaare anfingen zu strahlen Stachel strich dem kleinen Keksmonster vorsichtig über den Kopf.

„Wirklich?", fragte es. Beide Waschbärgeschwister nickten. Und dann rannten alle drei ins Kinderzimmer und probierten schon einmal aus, wie es sich wohl heute Abend anfühlen würde, wenn sie zu dritt im großen Waschbärbett schliefen. Das Fell des kleinen Keksmonsters kitzelte die Waschbärkinder. Gleichzeitig roch das kleine Monster himmlisch nach Plätzchen, so dass die beiden sich gar nicht nah genug herankuscheln konnten. Das kleine Keksmonster war begeistert. Lange hatte es sich nicht mehr so wohlgefühlt.

Am nächsten Morgen konnte Igel Stachel Entwarnung geben: Mit eigenen Augen hatte er gesehen, wie der böse Onkel mit seinem Koffer das Haus der Keksmonsterfamilie verlassen hatte. Schnell hatte Igel Stachel den Eltern Bescheid gesagt, die sich schon fürchterliche Sorgen um ihr Keksmonsterkind gemacht hatten. Und da standen sie auch schon vor der Igel-Stachel-Höhle, die blauen Keksmonstereltern. Das kleine Keksmonster freute sich riesig, seine Eltern wiederzusehen. „Wir müssen einen Weg finden, dem Onkel zu sagen, dass er nie wieder herkommen soll", sagte Igel Stachel zu den Eltern des Keksmonsters. Sie nickten. Igel Stachel hatte ihnen Mut gemacht, sich zu wehren. „Niemals mehr wird der böse Onkel zu uns kommen", sagten sie und strichen ihrem Kind übers Fell.

Igel Stachel
und die Wolkenwortdusche

Am nächsten Morgen kam die Waschbärschwester wütend von der Waldkinderschule, schmiss ihre Schulsachen in die Ecke und nahm ein Schreibheft heraus. Damit setzte sie sich auf den Boden der Igel-Stachel-Höhle und fing an, das Heft zu zerreißen. „Ich schaffe es einfach nicht! Blöde Buchstaben!", sagte sie, während sie wie wild an den Ecken des Schulheftes riss und lauter As und Ds herunterregneten.

„Was hast du denn?", fragte Igel Stachel und strich ihr über das Fell. Nach und nach beruhigte sich die Waschbärschwester. Sie erzählte, dass sie zwar gut lesen, aber noch nicht gut schreiben konnte. Besonders die Buchstaben A und D machten ihr Schwierigkeiten. Sie konnte es sich einfach nicht merken, wie die Buchstaben geschrieben werden. Wieder haute die Waschbärschwester mit ihrer Pfote auf den Höhlenboden. Der Waschbärbruder zog sich erschrocken in sein Bett zurück. So wütend hatte er seine Schwester noch nie erlebt.

Igel Stachel ließ sie wüten. Dann setzte er sich zu ihr und fragte die Waschbärschwester, ob er ihr schon einmal von seiner Freundin, der Wolkenwortdusche, erzählt habe. Die Waschbärschwester hörte auf zu schimpfen. „Wolkenwortdusche?", fragte sie. „Wer ist das?"

„Meine Freundin, die Wolkenwortdusche", fuhr Igel Stachel fort, „wohnt in einem Zauberbaum im Igel-Stachel-Wald. Sie kann Worte regnen lassen, wenn man sie darum bittet. Aber man muss wirklich etwas lernen wollen." Igel Stachel machte eine Pause. „In deinem Fall müsstest du also wirklich wollen, die As und Ds schreiben zu lernen. Sonst funktioniert es nicht."

Igel Stachel stand auf, strich der Waschbärschwester über den Kopf und tat so, als würde er die Küche sauber machen. Aus den Augenwinkeln sah er, wie der Waschbärbruder aus seinem Bett aufgestanden war und die Geschichte

mit angehört hatte. Nun gesellte er sich zur Waschbärschwester, und die beiden tuschelten gemeinsam.

Nach einer Weile rannten beide raus, und Igel Stachel hörte, wie die Waschbärkinder um die Höhle und um die Kapelle herumrannten und tollten. Erschöpft kamen sie in die Höhle zurück. „Einverstanden", sagte die Waschbärschwester außer Atem. „Bitte zeig mir deine Freundin, die Wolkenwortdusche."

Igel Stachel schaute die Waschbärschwester an. Sie hatte sich ihr Schulheft mit den zerrissenen As und Ds und einen Stift geschnappt. Anscheinend meinte sie es ernst. Auch der Waschbärbruder war bereit und hatte sich seinen Wanderrucksack schon aufgeschnallt.

So machten sich die drei auf den Weg, nicht ohne Schlange Schlängli mitzunehmen, die auf ihrem Baum neben der Igelhöhle saß und erstaunt zuhörte. Nach einer Weile gelangten sie an eine alte, knorrige Eiche, tief im Waldesinnern. „Schaut mal nach oben", sagte Igel Stachel und zeigte auf die Eiche. Die Waschbärgeschwister und Schlängli hoben die Köpfe – und tatsächlich: Ganz oben im Wipfel des Eichenbaums erkannten sie eine kleine, weiße Wolke. Sie hing mitten in den Zweigen und murmelte leise „Mimimi" vor sich hin.

Die Waschbärschwester wandte sich enttäuscht ab. „Die soll mir helfen können mit meinem Buchstabenproblem? Die kann ja nicht mal richtig reden!" Vorwurfsvoll sah die Waschbärschwester Igel Stachel an.

Das erste Mal, seit sie ihn kannte, wurde Igel Stachel ärgerlich. „Du kennst sie doch gar nicht", sagte er streng. „Wie kannst du da schon urteilen? Damit kann man manchmal ziemlich falsch liegen."

Die Waschbärschwester wurde rot unter ihrem Fell. Sie schämte sich vor der weißen Wolke, die immer noch oben im Wipfel der Eiche schwebte und „Mimimi" murmelte.

„Entschuldige", sagte sie mehr zu Igel Stachel als zur Wolke und wandte sich ab. Doch Igel Stachel hörte sie nicht. Er hörte auf das Murmeln der Wolke. Er schien ihr Murmeln zu verstehen, wo die Waschbärschwester nur „Mimimi" hörte. Sollte diese Wolke wirklich etwas Sinnvolles zu sagen haben?

„Sag der Wolke, warum du mit den Buchstaben solche Probleme hast", forderte Igel Stachel die Waschbärschwester nach einer Weile auf, „und zeige ihr dein Übungsheft aus der Waldkinderschule hoch in den Baum. Danach stelle dir vor, dass die As und Ds deine Freunde sind und dich nicht ärgern wollen. Schließe die Augen und male im Kopf die beiden Buchstaben nach, die dir so zu schaffen machen. Stell dich nun unter die Eiche, direkt unter die Wolkenwortdusche. Wir werden bei dir sein."

Die Waschbärschwester nickte. Dann versuchte sie, alles zu tun, was Igel Stachel gesagt hatte. Sie stellte sich unter den Stamm der Eiche, direkt unter die Wolke und schaute sie an. Wieder murmelte die Wolke „Mimimi". Igel Stachel übersetzte die Sprache der Wolke und erklärte, dass sowohl er, Schlange Schlängli als auch der Waschbärbruder die Augen offen lassen und sich alle drei jeweils neben die Waschbärschwester stellen und ihre Hand halten sollten. Als das geschehen war, schloss die Waschbärschwester die Augen und reichte ihre Pfoten ihrem Bruder und Igel Stachel. Nun ertönte eine wunderbare Musik, dann rieselte etwas den Baum herunter, ganz leise.

Fast unmerklich blitzten Tausende kleine, bunte Buchstaben in der Wolkenwortdusche auf, rieselten die Wolke und den Eichenstamm herunter und machten sich auf den Weg, das Fell der Waschbärschwester zu durchdringen. Die musste lachen, während sie die Augen weiter geschlossen hielt – die Buchstaben kitzelten sie. Der Waschbärbruder, der die Augen ja offen halten durfte, sah, dass es mehrheitlich As und Ds waren, die aus der Wolke fielen – also die Buchstaben, die seiner Schwester solche Mühe machten. Sie sickerten ein in das Waschbärfell und machten es ganz bunt, bevor sie in den Untiefen des Felles verschwanden. Nach zwei Minuten segelte der letzte Buchstabe auf die Waschbärschwester herunter, dann war es still. Wieder ertönte die Stimme der Wolkenwortdusche „Mimimi".

„Jetzt kannst du die Augen aufmachen", sagte Igel Stachel zu der Waschbärschwester und ließ ihre Hand los. Die Waschbärschwester öffnete die Augen. Ungläubig sah sie an sich hinunter. Ihr Fell leuchtete und glitzerte. Soeben konnte sie noch sehen, wie die letzten As und Ds sie anblitzten und dann in ihrem Fell verschwanden. Sie streichelte über ihr Fell. Ganz weich und warm fühlte es sich an. Sie spürte regelrecht, wie sich die Linie für ein A und ein D in ihrem Kopf bildete, als hätte sie nie etwas anderes geschrieben. Sie hatte den Eindruck, als verstünde sie die beiden Buchstaben jetzt ein wenig besser. Die Buchstaben waren ab heute ihre Freunde.

Wieder ertönte das „Mimimi" der Wolkenwortdusche. Igel Stachel übersetzte und sagte, die Wolke fordere sie auf, jetzt ihr Schreibheft in die Hand zu nehmen und noch einmal zu versuchen, die Buchstaben zu schreiben. Die Waschbärschwester probierte es. Auch ihr Schreibstift glitzerte, als sie mit zittriger Pfote ein A und D in ihr Heft malte. Und tatsächlich: Die Buchstaben sahen wunderbar aus, wie im Beispiel des Heftes aus der Waldkinderschule. Die Waschbärschwester versuchte es noch einmal: Wieder gelang es ihr zu schreiben, auch die Ds wurden nun besser. Die Waschbärschwester war begeistert: Es funktionierte, sie konnte die beiden Buchstaben schreiben! Vor Freude umarmte sie den alten Eichenstamm und versuchte, der Wolke dort oben im Baumwipfel überschwänglich zu danken. Sie schaute nach oben. Die Wolke verfärbte sich rosa. Das brauchte Igel Stachel nicht zu übersetzen. Die Wolke freute sich, und der Waschbärbruder lachte, als sie mit Schlängli gemeinsam den Heimweg antraten, das Schreibheft fest in der Hand.

Igel Stachel
und die kleine Brieftaube

Am nächsten Morgen wachte die Waschbärschwester sehr früh auf, weil sie schlecht geträumt hatte. Schnell kam sie in das Zimmer von Igel Stachel gelaufen und kuschelte sich eng an ihn. „Magst du von deinem Traum erzählen?", fragte Igel Stachel vorsichtig, während er die Waschbärschwester streichelte. Sie zitterte vor Angst. „Die Eltern", schluchzte sie, „ich habe geträumt, dass wir die Eltern nie wieder finden und dass sie unsere Hilfe brauchen." Über ihr Waschbärgesicht kullerten heiße Tränen.

Igel Stachel versuchte, sie zu beruhigen, während er sagte: „Wir müssen unbedingt morgen wieder zum Rot-Kreuz-Kranich gehen und ihn fragen, ob er Neuigkeiten hat für euch."

Aber Stachel fühlte, dass die Waschbärschwester sich davon nicht viel versprach. Bestimmt hatte der Kranich wieder keine Nachricht von ihren Eltern. Es musste etwas passieren.

Igel Stachel dachte nach, schaute auf die schluchzende Waschbärschwester in seinen Armen und entschied, dass es so nicht weitergehen konnte. Er streckte sich und setzte sich gerade hin. Dann sagte er sehr bestimmt, während er der Waschbärschwester das Kopffell streichelte: „Wenn nicht, dann gehen wir eben selbst los in euer Sieben-Burgen-Land und suchen eure Eltern."

Die Waschbärschwester sah ihn an und hörte für einen Moment auf zu weinen. „Wirklich?", fragte sie. „Das würdest du für uns tun? Es ist aber sehr weit weg von hier." Zweifelnd sah sie Igel Stachel an.

Der zögerte einen Moment und stellte sich vor, wie er die Waschbärkinder an ihre Eltern abgeben müsste beim Wiedersehen. Instinktiv zuckte er bei diesem Gedanken zusammen. Aber es half ja nichts. Kinder gehören zu ihren Eltern. Er musste dafür sorgen, dass sie ihre Eltern wiedersahen. Igel Stachel nickte entschlossen. „Natürlich", sagte er. „Kinder gehören zu ihren Eltern, das ist auch bei Waschbären so. Wir werden sie finden." Mit diesen Worten schlief die Waschbärschwester noch einmal ein, bis der Morgen graute. Nur

Igel Stachel konnte nicht mehr schlafen. Unruhig wälzte er sich hin und her und überlegte, was er mitnehmen konnte auf die große Reise.

Am nächsten Morgen frühstückten sie zu dritt und gingen noch mal zum Rot-Kreuz-Kranich. Doch der konnte ihnen wie erwartet nichts Neues berichten. Traurig gingen sie zurück zur Höhle. Schlängli erwartete sie schon auf dem Dach der Igel-Stachel-Höhle, im Erdgeschoss der Kapelle. Man konnte dort so wunderbar durch die halb zerfallenen Mosaikglasfenster schauen und den Himmel sehen. Ihr tat es leid, dass die Waschbärkinder so niedergeschlagen vom Rot-Kreuz-Kranich wiederkamen. Traurig setzten sie sich alle auf eine Steinbank in der Kapelle. Schlängli ließ sich von der Steinbank herab direkt vor die Pfoten der Waschbärgeschwister nieder. Dann zeigte sie auf die bunten Glasfenster der Kapelle. Auf eins der Fenster war ein schwarzes Kreuz aufgemalt.

„Ihr könntet", sagte Schlängli, während sie mit ihrem Blick das Fenster mit dem Kreuz fixierte, „den Schöpfer des Himmels und der Erde bitten, dass ihr eure Eltern wiederfindet."

Die Waschbärkinder schauten sie ungläubig an. „Wie denn?", fragten sie wie aus einem Mund.

Schlänglis Augen verengten sich für einen Moment. Zu sehr war sie überrascht, wie wenig die Waschbärgeschwister doch von den Dingen wussten, die sich zwischen Himmel und Erde abspielten. Für Schlangen war es völlig selbstverständlich, den Schöpfer des Himmels und der Erde zu kennen, ihm für Schönes zu danken und um seine Hilfe zu bitten. Aber sie hatte auch ihre Eltern gehabt, die ihr stets die Geschichte vom Geschenkebaum und vom göttlichen Gärtner erzählt hatten.

Schlängli räusperte sich. Dann sagte sie feierlich: „Man kann *ihn* um alles bitten. Schließt einfach die Augen und legt die Pfoten ineinander. Das hilft. Ich kann es euch leider nicht vormachen. Ich habe ja keine Pfoten. Ich schließe einfach die Augen und bete für euch mit. Sagt ihm einfach, was euch bedrückt. Und vertraut darauf, dass er sich darum kümmert. Ich bin sicher, dann findet ihr eure Eltern."

Igel Stachel schaute erstaunt. Augen schließen? Pfoten ineinanderlegen? Was war das nun wieder? Doch etwas in Schlänglis Augen ließ ihn nichts sagen. Sie glaubte, was sie sagte. Das sah man. Schöpfer des Himmels und der Erde? Igel Stachel hatte immer noch nicht ganz verstanden, wen Schlängli damit meinte. Aber dass die Kapelle ein guter Ort war, dass hier irgendetwas passierte, was ihn beruhigte, das spürte er. Die Waschbärkinder wollten es versuchen. Sie setzten sich auf die alten Steinbänke in der Kapelle neben Schlängli und schlossen die Augen. Auch Igel Stachel machte mit. Gemeinsam genossen sie die Stille des Waldes und hörten den Atem des jeweils anderen. So saßen sie eine ganze Weile gemeinsam und schweigend da.

Doch plötzlich zerriss ein ohrenbetäubendes Motorengeräusch die Stille. Ein großes Flugzeug flog dicht über die Kapelle hinweg. Als es direkt über ihnen war, öffnete sich eine Luke im Flugzeugbauch und etwas kam herausgeflogen, direkt auf sie zu. Ein Koffer und ein Käfig. Beides verfing sich mit einem lauten Krachen in der großen Birke neben der Kapelle. Die Waschbären, Igel Stachel und Schlängli erschraken fürchterlich.

Als das Flugzeug längst weitergeflogen war, überwog ihre Neugier. Die Waschbärgeschwister wollten zu gern wissen, was sich in dem Koffer und dem Käfig befand. Schneller, als Igel Stachel laufen konnte, kletterten die Waschbärkinder die Birke hinauf. Den Koffer vorsichtig von Ast zu Ast werfend, bugsierten die Geschwister ihn vom Baum herunter. Da hörten sie ein verzweifeltes Piepsen. Es kam von oben. Der Käfig! Sie hatten den Käfig vergessen.

So kletterten die Waschbären noch mal hoch und näherten sich vorsichtig dem kleinen Drahtkäfig, der sich in der Baumspitze verfangen hatte. Ein herzzerreißendes Piepsen war zu hören. Es kam von einer kleinen weißen Brieftaube. Sie war darin gefangen und konnte sich nicht befreien. So sonderbar es sich für die Waschbärschwester anhörte, hörte sie im Gegensatz zu ihrem Bruder gar kein Piepsen, sondern sie verstand, was die Brieftaube sagen wollte. Sollte sie die Sprache des Tieres verstehen können?

Als alle wieder unten angekommen waren, setzten sie sich zusammen mit Schlängli in die Mitte der Kapelle und öffneten vorsichtig den Käfig. Verunsichert kam die weiße Brieftaube aus dem Käfig gekrochen

und sah sich ängstlich um. Ihr Blick fiel auf Schlängli, und sie blieb wie angewurzelt stehen und sah sie an. Auch Schlängli betrachtete die weiße, zarte Taube nachdenklich, als erinnerte sie sich an sie, obwohl sie sie doch nicht kennen konnte. Freundlicher, als es ihre Art war, lächelte Schlängli den weißen Vogel an, sie wusste selbst nicht ganz, warum. Auch die Waschbärschwester nickte der weißen Taube freundlich zu, und so fing sie an zu erzählen. Igel Stachel verstand nur ein Piepsen. Auch Schlängli und der Waschbärbruder konnten die Sprache der Brieftaube nicht verstehen. Aber die Waschbärschwester hörte der Brieftaube angestrengt zu. Diese piepste aus Leibeskräften, als wollte sie sich mit der Waschbärschwester unterhalten. Die Waschbärschwester nickte immer wieder, und ihre Augen weiteten sich dabei.

Der Waschbärbruder zupfte sie an der rechten Pfote. „Was sagt sie?", fragte er und sah seine Schwester erwartungsvoll an. Da machte die kleine Brieftaube eine Pause, und die Waschbärschwester übersetzte für alle:

„Sie sagt", setzte die Waschbärschwester an, ohne sich zu wundern, warum sie die Brieftaube verstand, „dass sie von unseren Eltern losgeschickt wurde, um Erkundigungen einzuholen, wo unsere Eltern uns finden könnten." Schnell wischte sich die Waschbärschwester eine Träne aus dem Gesicht, so froh war sie, von ihren Eltern eine Nachricht zu erhalten.

Der Waschbärbruder schaute angestrengt auf die Brieftaube, als könne er es nicht glauben. „Und dann? Weiter?", fragte er ungeduldig.

„Auf dem Weg", fuhr die Waschbärschwester fort, „wurde die Brieftaube jedoch leider von Menschen abgefangen und in einen Käfig gesperrt. Dann wurde sie von den Menschen in dieses" – die Waschbärschwester zeigte nach oben in den Himmel, der wieder wolkenlos blau war – „Flugzeug gesetzt, um verkauft zu werden."

Die Waschbärschwester machte eine Pause und sah die kleine weiße Brieftaube an, die wieder ganz aufgeregt zu piepsen anfing. Die Waschbärschwester hörte gut zu. Nach einer Weile übersetzte sie den anderen, wie es weiterging: „Zum Glück hat sich die Luke des Flugzeugs plötzlich durch eine geheimnisvolle Kraft geöffnet – gerade in dem Augenblick, als wir hier zusammen in der Kapelle gebetet haben –, und die Brieftaube konnte sich herausfallen lassen. Mit dem Koffer hat sie nichts zu tun, aber eine Botschaft hat sie für uns dabei, von unseren Eltern. Wir sollen unbedingt ...", fuhr die Waschbärschwester fort und sah die Brieftaube an. „Was sollen wir denn unbedingt?", fragte die Waschbärschwester die Brieftaube, und auch die anderen Tiere schauten sie erwartungsvoll an. Doch die Brieftaube taumelte vor ihrem Käfig hin und her. Dann sackten ihre kleinen Beinchen weg, und sie fiel erschöpft in Ohnmacht.

Igel Stachel
im Nimmerwald

Als der Waschbärbruder sah, wie die kleine Brieftaube mitten im Satz abbrach und vor seinen Augen in Ohnmacht fiel, schrie er auf. „Was sollen wir denn unbedingt ...?", jaulte er. „Wo sind sie denn, Mama und Papa?" Er schluchzte laut auf. Nun überkam auch ihn das Heimweh nach seinen Eltern mit ganzer Kraft. Igel Stachel nahm die beiden Waschbärkinder in den Arm. Dann sagte er: „Wir werden die kleine Brieftaube fragen, wenn sie wieder aufwacht. Die Brieftaube ist völlig erschöpft von ihrer Reise. Kommt, wir tragen sie vorsichtig in unsere Höhle."

Gemeinsam legten Schlängli, die Waschbärkinder und Igel Stachel die kleine Brieftaube auf ein paar mit Moos gepolsterte Stöckchen und trugen sie in die Igel-Stachel-Höhle. Sie benetzten ihren Kopf und ihren Schnabel mit Wasser und streichelten ihre weißen Flügel. Langsam, ganz langsam kam die kleine Brieftaube wieder zu sich. Erwartungsvoll sahen die Waschbärkinder sie an, als sie endlich die Augen aufschlug und sich zu erinnern schien, wo sie gelandet war.

Die Waschbärschwester wiederholte noch einmal den Satz, den die kleine Brieftaube nicht hatte beenden können. „Was haben unsere Eltern gesagt? Was sollen wir unbedingt?", fragte die Waschbärschwester die Brieftaube mit fester Stimme. Die Spannung in der Igel-Stachel-Höhle war mit Händen zu greifen.

„Ihr sollt", fing die Brieftaube an, während sie ein paar Körner pickte, die ihr Igel Stachel hingestellt hatte, „so schnell ihr könnt in den Nimmerwald kommen, nicht in eure Heimat, das Sieben-Burgen-Land. Eure Eltern sind dorthin entführt worden und finden allein nicht mehr zurück. Deshalb konnten sie euch bisher auch nicht aus dem Igel-Stachel-Wald abholen, obwohl ihnen ausgerichtet wurde, dass ihr wohlauf seid und bei Igel Stachel wohnt.

Sie werden ihm ewig dankbar sein dafür." Vorsichtig sah die Brieftaube Igel Stachel an, der etwas rot wurde bei diesen Worten.

„Das ist doch selbstverständlich", wiegelte er ab, „das hätte doch jeder getan."

„Der Nimmerwald", fuhr die Brieftaube fort, „ist kein normaler Wald. Er ist ein Wald mit tausend Spiegeln. Ihr müsst sehr vorsichtig sein, wenn ihr dorthin geht. Kein Tier hat jemals dort herausgefunden. Jedes Mal, wenn man glaubt, man hätte den richtigen Weg gefunden, ist er nur eine Illusion. Der richtige Weg *scheint* nur der richtige zu sein. In Wahrheit ist er ein großer Spiegel, an den das suchende Tier stößt und wieder nur die nächsten Bäume sieht, die sich wieder spiegeln, bis es ganz verrückt wird. Und wieder muss man von vorne anfangen. Deshalb ist die einzige Möglichkeit für eure Eltern, euch wiederzusehen, wenn ihr auch in den Nimmerwald kommt. Sie bitten euch sehr darum, weil sie euch so schrecklich vermissen." Die kleine Brieftaube machte eine Pause. Erschöpft nahm sie noch ein paar Körner zu sich, während die Waschbärschwester die Nachricht der kleinen Brieftaube für die Freunde übersetzte.

Die vier Tiere sahen sich an, nachdem die Brieftaube geendet und die Waschbärschwester die letzten Worte übersetzt hatte. Allen war klar, dass sie in den Nimmerwald fahren mussten, koste es, was es wolle. Sie mussten die Eltern der Waschbärkinder finden, wenn diese nicht zu ihnen kommen konnten. Doch wie sollten sie in den Nimmerwald hinein und, was noch schwerer war, wieder herausfinden? Igel Stachel überlegte, während die Waschbärgeschwister bereits ihre Rucksäcke packten für die Reise.

„Schlängli, kommst du mit?", fragte der Waschbärbruder und streichelte Schlängli über die Schlangenhaut. Schlängli schaute ihn an. „Bitte!", sagte der Waschbärbruder, „wir brauchen dich und deine guten Einfälle, um wieder aus dem Wald herauszufinden."

Schlängli wand sich hin und her und dachte nach. Nach einer Weile sagte sie: „Nun gut. Ich komme mit."

Der Waschbärbruder jauchzte vor Freude, ebenso wie die Waschbärschwester. Und auch die Brieftaube sagte in ihrer Sprache zu, mit ihnen zu ziehen und ihnen den Weg in den Nimmerwald weisen zu wollen. Den kannte sie. Bis zum Nimmerwald fand sie ohne Probleme. Da gab es ja diese furchtbaren Spiegel nicht. Nur danach wusste sie nicht weiter. Im Nimmerwald war sie verloren. Selbst sie als Brieftaube, die eine sehr gute Orientierung besaß und den Wald von oben, aus der Luft, beschauen konnte, selbst sie konnte gegen die vielen Tausend Spiegel des Nimmerwaldes nichts ausrichten.

Igel Stachel schwieg während des gesamten Gesprächs. In Gedanken versunken packte er im Kopf bereits seinen Rucksack für die bevorstehende Reise. Proviant wollte er natürlich mitnehmen für die Waschbärkinder, Schlängli und sich selbst, daneben eine Nadel, ein Wollknäuel und einen Luftballon. Er wusste nicht, warum er gerade diese Sachen einpacken wollte. Es fühlte sich einfach richtig an. Auch die weiße, zarte Brieftaube schlug energisch mit ihren Flügeln bei jedem der Dinge, die Igel Stachel einpackte, so als wolle sie sagen: „Richtig, genau richtig. Mut machen. Hoffnung schenken." Die Waschbärkinder waren unglaublich aufgeregt. Sie bestürmten die Brieftaube, von ihren lieben Eltern zu erzählen, wie es ihnen jetzt gehe, wie sie aussehen. Die Brieftaube tat, was sie konnte, und ließ sich dann erschöpft in ihr Moosbett fallen. Noch immer stand der Koffer neben ihr, ungeöffnet. Stimmt, der Koffer! Nun wurden die Waschbärkinder neugierig, was sich darin wohl befand.

Gemeinsam öffneten sie ihn. Er enthielt lustige Sachen, die die Waschbärgeschwister nicht kannten: viele große Hemden, Kinderspielzeug und Süßigkeiten. Alles wurde beschnuppert. Dann nahm der Waschbärbruder sich ein blaues Oberhemd und machte sich daraus eine wunderbar weiche Decke für sein Nachtlager. Auch die Waschbärschwester nahm sich ein Hemd und kuschelte sich darin ein. Als Schlängli und Igel Stachel sahen, wie gemütlich diese Hemden waren, konnten auch sie nicht widerstehen: Jeder nahm sich ein Hemd und legte das eigene Bett damit aus. Auch die Süßigkeiten schmeckten gut, fast so gut wie schwarze Knusperkäfer. Diese eine Nacht schliefen sie noch in der Igel-Stachel-Höhle. Am nächsten Morgen sagten sie der Maulwurfsfamilie Bescheid, dass sie sich auf den Weg in den Nimmerwald machen wollten, um die Waschbäreltern zu finden.

Die Maulwürfe waren sehr traurig. Aber sie verstanden nur zu gut, dass die Waschbärgeschwister nun, nachdem sie wussten, wo ihre Eltern waren, nicht länger warten konnten. Sie mussten sie wiedersehen! Alle Maulwürfe umarmten die Waschbärgeschwister, Schlängli, die Brieftaube und Igel Stachel und wünschten ihnen viel Glück. Dann ging es los.

Drei Tage und drei Nächte mussten sie laufen: Durch den Igel-Stachel-Wald, den Wichtelwald, wo die Wildkatze ihr Zuhause hatte, durch den Winterwald und den Beerenwald. Die kleine Brieftaube folgte ihnen von oben und wies ihnen den jeweils kürzesten Weg. Als sie schließlich ganz am Ende des Beerenwaldes angekommen waren, war es den Freunden, als würde die Sonne beginnen, besonders stark zu glitzern. Sie mussten sich die Augen vor die Pfoten halten, so sehr blendete sie das Sonnenlicht. Die Sonne wurde von den vielen Spiegeln reflektiert, die den Beginn des Nimmerwaldes markierten.

Der Nimmerwald war voller dunkelgrüner Tannen. Durch die Spiegel, die überall zwischen den Tannen standen und auch oberhalb der Bäume selbst angebracht waren, sah der Nimmerwald noch größer aus, als er in Wirklichkeit war. Als sie am Eingang des Nimmerwaldes angekommen waren – eine riesige Blautanne wies ihnen den Weg dorthin –, ließ Igel Stachel seine Freunde kurz anhalten. Er holte das rote Wollknäuel aus dem Rucksack und befestigte es am letzten Zweig des Waldes, der an den Nimmerwald angrenzte.

Dann ließ er die Wolle wieder zurückgleiten in seinen Rucksack und folgte den anderen drei, wie sie, der Brieftaube nach, den Nimmerwald betraten. Ein dünner, roter Faden zog sich nun hinter den Freunden her, während sie ängstlich die vielen Spiegel und die dunklen Bäume dieses Waldes betrachteten.

Doch kaum hatten sie den Nimmerwald betreten, fing die Brieftaube schrecklich an zu piepsen. Die Waschbärschwester hörte ihr zu und übersetzte dann: „Sie hat Angst, den Weg nicht mehr zu finden zu den Waschbäreltern. Das ist ihr noch nie passiert. Die Spiegel irritieren sie so sehr, dass sie nicht weiß, ob sie die echten von den Spiegelbäumen unterscheiden kann."

Igel Stachel hatte aufmerksam zugehört. Wie in Gedanken versunken, schien er flüsternd seinen Lebenssatz zu wiederholen, den ihm seine Mutter damals ins Ohr geflüstert hatte. Hoffnung geben, Mut machen. Hoffnung geben, Mut machen. Schlängli verharrte regungslos vor den vielen Spiegeln. Ihr war dieser Nimmerwald unheimlich. Auch schaute sie sich nicht gern im Spiegel an. So viele Schlangen, die noch dazu aussahen wie sie selbst. Das war ihr nicht geheuer.

Die Waschbärgeschwister hielten sich eng beieinander. Obwohl es noch mitten am Tag war, wirkte das Licht durch die dunklen Tannen seltsam düster und schummrig. So standen die vier Freunde da im Kreis am Eingang des Nimmerwaldes. Alle waren in ihre eigenen Gedanken versunken. Selbst die kleine Brieftaube flog über ihnen langsame Kreise und dachte nach. Verzweifelt überlegte sie, welchen Weg sie damals von der Höhle der Waschbäreltern heraus aus dem Nimmerwald genommen hatte, aber sie erinnerte sich einfach nicht. Dabei war sie doch eine Brieftaube!

Plötzlich stand Igel Stachel auf und sagte zur Brieftaube: „Wenn die vielen Spiegel deine Augen irritieren, musst du deinem Herzen folgen. Schließ die Augen, während du fliegst, und führe uns nur durch dein Gedächtnis zu den Waschbäreltern. So wirst du den Weg finden. Vertraue auf dein Herz – es weiß den Weg bestimmt. Aber fliege langsam, damit wir dich sehen und dir folgen können."

Schlängli sah Igel Stachel an. Er hatte den Schöpfer des Himmels und der Erde verstanden, ohne es zu wissen. Schlängli empfand plötzlich eine warme Zuneigung zu Igel Stachel, wie sie sie gefühlt hatte bei ihrer ersten Begegnung im Igel-Stachel-Wald, als Igel Stachel versehentlich auf ihren Schwanz getreten war und sich anschließend so rührend bemühte, ihr Hinterteil wieder in Form zu bringen. Sie fühlte Zuversicht in sich aufsteigen und wusste, es war richtig, dass sie dabei war.

Die Brieftaube spürte, dass Igel Stachel recht hatte, nachdem die Waschbärschwester ihr übersetzt hatte. Sie schloss die Augen und flog einige Male im Kreis, direkt über die Freunde hinweg. Es schien, als orientierte sie sich jetzt neu, ganz ohne die Bäume um sie herum, direkt mit ihrem Herzen. Und es wirkte so, als könnte sie sich tatsächlich an den Weg erinnern, den sie zu den Waschbäreltern geflogen war. Die Waschbärgeschwister liefen aufgeregt am Boden hin und her. Sollten sie tatsächlich nach dieser langen Zeit endlich ihre Eltern wiedersehen? Das wäre zu schön!

Noch zwei Runden flog die Brieftaube im Kreis, dann hatte sie Sicherheit gewonnen. Sie piepste, dass es nun losgehen könne. Langsam flog sie voran. Die Freunde schauten nach oben, zu den Baumwipfeln des Nimmerwaldes, die mal echt waren, mal von den Spiegeln reflektiert wurden und sich zu verdoppeln und zu verdreifachen schienen. Die Waschbärgeschwister liefen, so schnell sie ihre kleinen Beinchen zu tragen vermochten. Eine leise Vorfreude machte sich in ihren Herzen breit, und ihre Bäuche fühlten sich an, als wären sie mit Hunderten von Ameisen gefüllt. Gespannt liefen die Freunde der Brieftaube hinterher, die ihnen von oben den Weg wies. Sie piepste gar nicht mehr aufgeregt und hielt die Augen weiter geschlossen. Zielstrebig brachte sie die Freunde durch den Nimmerwald, der immer dunkler und unheimlicher wurde. Der Nachmittag brach an. Die Sonne stand nun tiefer. Die Spiegel, die den ganzen Wald durchzogen, reflektierten das wenige Licht nach wie vor.

Schlängli betrachtete die Spiegel des Nimmerwaldes, die ihre ganze Verwirrungskraft aus dem Tageslicht zu ziehen schienen. Plötzlich hatte sie eine Idee. „Brieftaube", sagte sie und bat die Waschbärschwester um Übersetzung, „kannst du auch in der Nacht fliegen? Dann würden uns die Spiegel nicht so stören, und sicher wäre es einfacher, den richtigen Weg zu finden." Die Brieftaube überlegte kurz. Dann nickte sie. Auf diese Idee war sie noch nicht gekommen.

Tatsächlich. Die Spiegel des Nimmerwaldes brauchten das Licht, um die vielen Tannen zu reflektieren und ins Vielfache zu spiegeln. Ohne Licht hatten die Spiegel ihren Schrecken verloren. Die Freunde machten eine kurze Pause und stärkten

sich mit Käfermus und getrockneten Schnecken. Für Schlängli hatte Igel Stachel sogar daran gedacht, eine tote Maus mitzunehmen, die diese genüsslich verspeiste. Es dauerte nicht lange, und die letzten Sonnenstrahlen verschwanden im Nimmerwald. Nun war es um die Tiere herum stockdunkel.

„Jetzt kannst du es versuchen", sagte Schlängli zur Brieftaube, die sich sofort wieder in die Lüfte erhob. Sie war so weiß, dass die Freunde die Taube trotz der Dunkelheit gut sehen konnten. Sie nahmen sich an den Händen, Igel Stachel hielt sich zudem an Schlänglis Schwanz fest. So gingen sie langsam weiter durch die Nacht und folgten der Brieftaube, die unbeirrt weiterflog.

Sie wanderten unermüdlich. Zwischendurch nahm Schlängli die Waschbärgeschwister auf ihren Rücken, damit sie etwas schlafen konnten. Aber jeder Meter, den die Freunde jetzt in der Nacht zurücklegten, würde ihnen helfen, den Waschbäreltern näher zu kommen. Als die ersten Morgensonnenstrahlen durch den Nimmerwald schienen und sich die Sonne daran machte, die übrigen Tiere des Waldes zu wecken, piepste die Brieftaube wieder aufgeregt. Was die Tiere noch nicht sehen konnten, hatte die Brieftaube bereits entdeckt: Hinter der Bergkuppe ergoss sich ein kleines Tal, und am Fuße des nächsten Berges konnte die Brieftaube eine Höhle entdecken. Sie waren fast da. Die Waschbärgeschwister waren außer sich vor Freude, als sie das hörten. Mit letzter Kraft überwanden sie die vor ihnen liegende Bergkuppe, und dann sahen auch sie, was die Brieftaube von oben schon entdeckt hatte: Eine Höhle lag vor ihnen, eine Waschbärhöhle.

„Vorsicht", sagte Igel Stachel, „wir wollen uns langsam nähern, um sicherzugehen, dass dort auch wirklich Waschbären wohnen und keine wilden Tiere." In diesem Moment öffnete sich die Höhlentür und eine große Waschbärin steckte ihren Kopf hinaus. Als sie die vier Tiere und die kleine Brieftaube entdeckte, stieß sie einen Freudenschrei aus, rief etwas in die Höhle hinein und lief, so schnell sie konnte, ihren Kindern entgegen. Die Waschbärkinder taten das Gleiche. „Mama, Mama!", schrien sie und liefen, schnell und schneller, trotz aller Müdigkeit. So schnell liefen sie, dass sie stolperten und alle beide den Rest des Weges zu ihrer Mutter in die Arme rollten. Dem Ruf seiner Frau folgend, steckte nun auch Papa Waschbär seine Schnauze verwundert zur Höhle hinaus und schaute, was da vor sich ging. Als er seine Kinder sah, die sich bereits in die Arme ihrer Mutter warfen, fing auch er an zu rennen.

„Meine Kinder! Meine lieben Kinder sind da!" Papa Waschbär rannte zu dem Waschbärknäuel, das vor ihm herumwirbelte und gar nicht mehr auseinanderzuhalten war. Papa Waschbär warf sich mitten hinein und umarmte seine Kinder, drückte sie wieder und wieder, als wolle er sich vergewissern, dass die Kinder auch wirklich echt waren. Sie weinten vor Freude und lachten und warfen sich übereinander.

Igel Stachel, Schlange Schlängli und die weiße Brieftaube blieben etwas abseits auf einer kleinen Anhöhe stehen. Auch sie freuten sich, dass die Waschbärkinder nun ihre Eltern wiedergefunden hatten. Endlich war die Familie wieder vereint. Und doch durchzog Igel Stachel gleichzeitig ein seltsames Ziehen in seinem Herzen, das schmerzte. Aber dafür war jetzt keine Zeit. Denn nun wollten die Waschbäreltern, nachdem sie ihre Kinder geherzt und gedrückt hatten, die Freunde begrüßen.

Die Waschbäreltern drückten Igel Stachel so fest an sich, dass er dachte, er müsse ersticken. So glücklich waren die Waschbäreltern, dass Igel Stachel sich ihrer Kinder so gut angenommen und sie gerettet hatte. Auch Schlängli wurde gedrückt und geherzt, ebenso wie die Brieftaube, die ihren Auftrag nun doch noch so wunderbar erfüllt hatte. Schlängli versuchte, sich aus der

Umarmung zu winden. Doch es war vergeblich. Die Waschbäreltern führten alle ins Haus, kochten schnell etwas, und ehe sie sich versahen, saßen sie gemeinsam am Tisch.

Nun merkten sie erst, was für einen Hunger sie hatten und wie müde sie waren. Den ganzen Tag verbrachten sie zusammen, die Waschbärgeschwister eng an ihre Eltern gekuschelt. Die Geschwister erzählten alles, was sie erlebt hatten, wie sie von den Wilderern entführt worden waren und Igel Stachel beide gerettet hatte. Von Schlängli, den Maulwürfen und dem Flussgeist erzählten sie, von der Nussknackerspinne, der Taube und der Wildkatze, von der Schatzsuche, dem Rot-Kreuz-Kranich und dem Regenmonster. Nichts ließen sie aus, und irgendwie fühlten sie, dass sie in dieser Zeit größer und verständiger geworden waren, echte große Waschbärkinder. Die Eltern hörten zu und umarmten ihre Kinder, Mutter Waschbär fing immer wieder an zu weinen, genau wie ihr Sohn, aber vor Freude.

Dann erzählten die Eltern, was ihnen widerfahren war. Die Brieftaube hatte alles richtig erzählt, konnte aber nicht wissen, wie es hier weitergegangen war, im Nimmerwald. Nur Igel Stachel konnte der Erzählung der Eltern nicht folgen. Abseits von den anderen rollte er sich in einer Ecke der Höhle zusammen und überließ die Waschbärfamilie ihrer Wiedersehensfreude. Wieder überkam ihn dieses seltsame Ziehen im Herzen. Er wusste, bald würde die Zeit der Trennung kommen. Er würde sich von seinen Waschbärkindern, die ihm so ans Herz gewachsen waren, verabschieden müssen und würde wieder allein in seiner Höhle leben. Dieser Gedanke machte ihn sehr traurig.

Während Igel Stachel erschöpft in seiner Ecke der elterlichen Waschbärhöhle einschlief, erzählten die Waschbäreltern Schlängli, der kleinen Brieftaube und ihren Kindern, dass sie ständig gejagt würden im Nimmerwald, von großen Bären. Daneben gab es noch andere Tiere, die auf Waschbären aus waren und gnadenlos Jagd auf sie machten. Im Nimmerwald war es also hochgefährlich für Waschbären. Sie konnten hier auf Dauer nicht bleiben, da waren sich die Waschbäreltern sicher. Allerdings fanden sie auch nicht zurück in ihr Sieben-Burgen-Land. Es war ein Jammer. Die Waschbäreltern wussten nicht aus noch ein. Ihren Waschbärkindern war das egal. Sie waren so froh, endlich ihre Eltern wiedergefunden zu haben. Nichts anderes zählte für sie. Nur hier und jetzt. Und hier und jetzt war es gut.

Bevor alle zu Bett gingen, schauten die Waschbäreltern noch mal auf den bereits schlafenden Igel Stachel und bemerkten eine Träne in seinem Gesicht. Das sind bestimmt Freudentränen, dachten sie sich, während sie ihre Waschbärkinder hinüber in ihr Bett trugen. Gemeinsam schliefen sie in dieser Nacht im Bett der Waschbäreltern – die Kinder zwischen sich gebettet, sanft und warm.

Igel Stachel
und der Grenzadler

Am nächsten Morgen wachte Igel Stachel als Erster auf. Er schüttelt sein Fell, bürstete seine Stacheln und schaute sich um. Langsam kam seine Erinnerung an den gestrigen Tag zurück: Wie sie die letzte Wegstrecke im Nimmerwald zurückgelegt hatten, durch die vielen Spiegel der Nimmerwaldbäume hindurch. Wie die kleine Brieftaube ihnen den Weg gewiesen hatte zu der Lichtung, hinter der die Höhle der Waschbäreltern lag. Die Wiedersehensfreude der Waschbäreltern. Die Freudenschreie der Waschbärkinder. Das Ziehen in seinem Herzen, der jetzt schon fast spürbare Trennungsschmerz. Igel Stachel beschloss, noch mit der Waschbärfamilie zu frühstücken und dann sofort mit Schlängli und der kleinen Brieftaube zurück nach Hause zu wandern, in den Igel-Stachel-Wald. Er wollte einen kurzen Abschied von „seinen" Waschbärkindern. Alles andere, da war er sich sicher, würde er nicht aushalten.

Als wäre es seine Küche, machte er aus alter Gewohnheit den Herd an, setzte einen Topf auf den Herd und schüttete Milch hinein. Auch die Waschbäreltern hatten Kakao im Haus, wie wahrscheinlich alle Waschbäreltern, dachte er. Mein letzter Kakao mit den Waschbärkindern, dachte Igel Stachel wehmütig, während er das Kakaopulver in die warm werdende Milch einrührte. Wie jeden Morgen bei ihm im Igel-Stachel-Wald wachten die Waschbärkinder auch hier, bei ihren Eltern, von dem köstlichen Geruch auf. Auch sie mussten sich erst einmal anschauen und die fremde Umgebung erkunden. Die Eltern lagen neben ihnen. Sie waren in der elterlichen Waschbärhöhle! Wie wunderbar!

Die Waschbärkinder sprangen aus dem Bett und stürmten auf Igel Stachel zu. „Wir haben unsere Eltern wieder, Igel Stachel", jauchzten sie, während sie ihn umarmten, „jetzt wird alles gut und wir bleiben für immer zusammen!"

Igel Stachel musste sich am Küchenschrank abstützen, als die Waschbärkinder auf ihn zugestürmt kamen, damit er nicht umfiel.

„Das freut mich für euch“, sagte Igel Stachel, während er die Waschbärkinder streichelte und ihnen Kakao eingoss, „so soll es sein.“ Er zögerte einen Moment. Dann sagte er mit fester Stimme: „Schlängli, die kleine Brieftaube und ich werden nach dem Frühstück wieder zurücklaufen in den Igel-Stachel-Wald.“ Er schluckte. Dann sagte er: „Ich werde euch niemals vergessen. Und wann immer ihr möchtet, könnt ihr uns besuchen.“ Igel Stachel drehte sich um, damit die Waschbärkinder nicht sahen, wie ihm die Tränen in die Augen schossen.

„Nimmst du uns vielleicht mit?“, brummte eine tiefe Stimme, die nun in der Höhle hörbar wurde. Der Waschbärvater war aufgewacht. Er trat in die Küche und tätschelte seinen Waschbärkindern den Kopf. „Wir können hier im Nimmerwald nicht bleiben. Es ist zu gefährlich für uns“, sagte der Waschbärvater und erzählte Igel Stachel von den großen, gefährlichen Bären, die die Waschbären fressen wollten. Auch die Waschbärmutter gesellte sich nun zu ihnen, dicht neben ihre Kinder.

Igel Stachel traute seinen Ohren nicht. Die Waschbärfamilie wollte gar nicht im Nimmerwald bleiben? Sie wollte mit ihm in den Igel-Stachel-Wald kommen? Er sah alle vier an. Auch Schlängli und die kleine Brieftaube waren nun wach geworden und lauschten gespannt. Alle vier Waschbären nickten. „Bitte“, sagte die Waschbärmutter, „nimm uns mit zurück in den Igel-Stachel-Wald. Hier, im Nimmerwald, ist es für uns lebensgefährlich. Gerne leben wir mit euch zusammen im Igel-Stachel-Wald.“

Nun hatte Igel Stachel verstanden. Schlagartig waren das unangenehme Ziehen in seinem Herzen und die Traurigkeit verschwunden. Wie Blitze zuckte es durch seinen Kopf, welchen Weg sie zurücknehmen und wie sie am schnellsten aus dem Nimmerwald hinausfinden würden. Sie würden gemeinsam zurückgehen! Er musste seine Waschbärkinder nicht hier zurücklassen. Wie wunderbar war diese Nachricht! Schnell wischte er sich mit seiner Pfote die Tränen ab. Nun gab es keinen Grund mehr zu weinen. Sie würden alle gemeinsam zurückkehren nach Hause!

Nach dem Frühstück packten die Waschbäreltern ihre Rucksäcke mit allen Dingen, die sie aus der Höhle mitnehmen wollten. Auch die Waschbärkinder füllten ihre Rucksäcke mit lauter Köstlichkeiten, die in der elterlichen Speisekammer lagerten: getrocknete Borkenkäfer, Schokoschnecken und leckere Würmer in Blättersoße. Auch Schlängli und die kleine Brieftaube aßen, so viel sie nur konnten. Noch war unklar, wann sie an der Grenze des Nimmerwaldes ankommen würden und wann es wieder etwas zu essen gab. So ausgerüstet, machten sich alle auf den weiten Rückweg.

Die Waschbäreltern hielten ihre Kinder an der Hand. Die kleine Brieftaube flog über sie hinweg, um die Gruppe vor herannahenden Braunbären zu warnen. Doch die vielen, an den Bäumen befestigten Spiegel blendeten die kleine Brieftaube so sehr, dass sie sich dreimal verflog und allen den falschen Weg wies. Erschöpft machten sie eine Pause an einer besonders großen Blautanne. Die kleine Brieftaube war völlig verwirrt. Es half auch nichts, dass Igel Stachel sie bat, wie auf dem Hinweg die Augen zu schließen und den Weg aus ihrem Gedächtnis heraus zu finden. Die Brieftaube war verzweifelt. Igel Stachel streichelte sie und gab ihr etwas zu trinken. „Macht nichts, kleine Brieftaube", sagte er, „du hast uns schon so sehr geholfen." Er dachte nach. Was konnte er besonders gut? Hoffnung schenken, Mut machen. Er dachte an seine Mutter, seinen Lebenssatz, den sie ihm ins Ohr geflüstert hat und der ihn sein Leben lang begleiten sollte, bevor sie ihm ihre weiche Pfote auf den Kopf legte. Igel Stachel lächelte in sich hinein.

Plötzlich erhob er sich, und seine Augen begannen zu leuchten. „Jetzt werde *ich* euch den Weg zurück weisen", sagte Igel Stachel und nahm etwas aus seinem Rucksack, was er ganz vergessen hatte. Der Faden! Er hatte doch ein Wollknäuel mitgenommen und den Fadenanfang an der ersten Blautanne des Nimmerwaldes festgemacht. Nun musste er den Faden nur noch zurückverfolgen. Neue Energie durchströmte Stachel.

So schnell sie ihre Beine trugen, liefen die Freunde Igel Stachel hinterher, der den roten Wollfaden durch die Bäume hindurch wiederfand und wieder ein Wollknäuel daraus wickelte. Hinter Igel Stachel liefen die Waschbärkinder, dahinter die Waschbäreltern, die ihre Kinder keine Sekunde aus den Augen lassen wollten. Am Ende schlängelte sich Schlängli durch das Dickicht, immer wachsam, auch ja jeden Braunbären zu entdecken, der sich anschleichen konnte. Über ihnen flog die kleine Brieftaube und sicherte den Weg von oben. So liefen sie und liefen. Tag und Nacht und Nacht und Tag. Die Waschbärkinder durften sich ab und an auf Schlängli setzen, die sie ein Stück trug.

Doch dann, nach drei Tagen und drei Nächten, kamen sie am Ende des Nimmerwaldes an. Sie hatten es fast geschafft! Nur ein kleines Stück trennte sie noch von der ersten Blautanne des Nimmerwaldes, an der Igel Stachel seinen roten Wollfaden festgebunden hatte. Die Waschbärmutter drückte Igel Stachel. „Danke, du kluger Igel", sagte sie, „dass du auf die Idee mit dem Wollknäuel gekommen bist. Wir hätten hier nie hinausgefunden. So oft haben wir es probiert, mein Mann und ich – immer vergebens. Wie freue ich mich!"

Igel Stachel wurde etwas verlegen, wie er da so von der Waschbärmutter gedrückt wurde. Sein Igelfell färbte sich leicht rosa vor Verlegenheit. Die Waschbärkinder lachten. Auch sie drückten Igel Stachel – er war einfach der Beste.

Schlängli schlängelte vor bis zu der großen Blautanne, dem Ein- und Ausgang des Nimmerwaldes. Doch als sie an der Blautanne vorüber in den Beerenwald schleichen wollte, prallte sie zurück. Auch die anderen Tiere blieben ruckartig stehen. Eine tiefe, dröhnende und furchtbar laute Stimme rief: „Stopp! Halt! Stehen bleiben! Wer seid ihr? Hier darf nicht jeder einfach hin- und hergehen, wie es ihm gefällt."

Igel Stachel und die Freunde schauten verängstigt zwischen der Blautanne und dem ersten Beerenbaum hoch. Vor ihnen stand ein riesiger Adler. Er war dreimal so groß wie Igel Stachel und sah furchterregend aus. Sein weißer Kopf stach so deutlich von seinem dunkelbraunen Gefieder ab, dass man meinte, der weiß gefiederte Kopf sei lediglich künstlich auf den Körper gesetzt und könne jederzeit abfallen. Nur seine letzten beiden Schwanzfedern waren ebenfalls weiß. Der scharf geschwungene, gelbe Schnabel unterstrich sein ernstes Gesicht, mit dem er sich den Tieren in den Weg stellte. Er hob eine seiner gelben Krallen, als wolle er sie augenblicklich zerfleischen. Seine Augen waren stechend grün, eingerahmt von einem schwarzen Kreis, der direkt in Federn überging, die wie grimmig zusammengezogene Augenbrauen wirkten. Eine rote Plakette klebte auf seinem dunkelbraunen Gefieder. „Grenzadler Nimmerwald–Beerenwald" stand darauf. Einem Reflex folgend, stürzten die Waschbärkinder beim Anblick des Grenzadlers in die Bauchfalte von Igel Stachel, der sich sofort einrollte. Schlängli und die Waschbäreltern stellten sich neben den eingerollten Igel, wie um ihre Kinder noch zusätzlich zu beschützen.

„Habt ihr einen Ausweis?", fuhr der Adler die Freunde an. „Wohin wollt ihr? Nur bis zum Beerenwald oder noch weiter?"

„Wir wollen durch den Beerenwald hindurch", sagte Schlängli mit fester Stimme, „weiter durch den Winterwald und den Wichtelwald bis zum Igel-Stachel-Wald. Dort sind wir zu Hause." Schlängli stellte sich aufrecht, damit sie größer wirkte, und sah dem Adler dabei direkt in die Augen.

Der Grenzadler zögerte eine Sekunde. Schlangen waren ihm unheimlich. Dann sagte er: „Die Grenze zum Igel-Stachel-Wald ist zu. Zu viele Tiere wollen dort in letzter Zeit wohnen. Ihr müsst euch ausweisen und mir beweisen, dass ihr berechtigt seid, im Igel-Stachel-Wald zu wohnen. Nur dann kann ich euch durchlassen." Wieder erhob der Adler seine gelbe, gewaltige Kralle, wie um einen imaginären Ausweis der Tiergruppe vorgelegt zu bekommen.

Die Waschbäreltern stammelten leise: „Aber der Wald gehört doch allen Tieren. Wir stammen ursprünglich aus dem Sieben-Burgen-Land, möchten aber jetzt im Igel-Stachel-Wald wohnen." Der Adler lachte zynisch: „Allen Tieren? Seid ihr verrückt? Der Igel-Stachel-Wald gehört doch nicht allen Tieren!" Wieder ertönte sein zerschmetterndes Lachen, das aus den Bäumen widerhallte und dadurch noch unheimlicher klang. „Da könnte ja jeder kommen", fuhr der Grenzadler fort und bäumte sich nun noch mal direkt vor der Tiergruppe auf. „Der Igel-Stachel-Wald gehört keinesfalls allen Tieren", sagte er dann zuckersüß an die verschreckten Waschbäreltern gerichtet, „sondern es dürfen nur solche Tiere im Igel-Stachel-Wald wohnen, die entweder dort geboren oder sonst nützlich sind."

Nun rollte sich Igel Stachel aus seiner Igelrolle heraus, nicht ohne die Waschbärkinder in seiner Bauchfalte zu lassen. Er schaute den Grenzadler verwundert an. „Nützlich? Das habe ich ja noch nie gehört. Ich bin im Igel-Stachel-Wald geboren und lebe dort, seit ich denken kann. Aber noch nie hat jemand gesagt, dass dort nur wohnen kann, wer nützlich ist. Und überhaupt: Wer entscheidet denn darüber, was nützlich ist – du etwa?" Igel Stachel machte eine Pause. „Alle Tiere sind für den Wald nützlich", fuhr Igel Stachel dann fort. „Nur gemeinsam erhalten wir den Wald und schützen ihn. Wer hat dich denn damit beauftragt, hier nach irgendwelchen Ausweisen zu fragen? Ich kenne jedes Tier im Igel-Stachel-Wald. Das kann nicht sein, dass meine Freunde im Igel-Stachel-Wald keine Tiere mehr in ihren Wald aufnehmen und solche Grenzadler wie dich beschäftigen, die den Tieren Angst machen."

Während Igel Stachel sprach, war er immer wütender geworden. Herausfordernd schaute der kleine Igel den riesigen Grenzadler an. Schlängli war beeindruckt. So wütend hatte sie Stachel noch nie erlebt. Die Waschbäreltern zitterten. Auch die kleine weiße Brieftaube hatte sich ganz nach hinten auf das letzte Schwanzteil von Schlängli gesetzt und versuchte, sich unsichtbar zu machen. Ihre Federn zitterten leicht. Igel Stachel merkte, dass die Waschbärkinder in seiner Bauchfalte ebenfalls Angst hatten. Mit seiner ganzen Kraft versuchte er, der Gruppe Mut zu machen und Hoffnung zu geben, während er dem Grenzadler weiter direkt in seine funkelnden grünen Augen schaute.

Doch der Grenzadler war unerbittlich. Höhnisch lachte er auf: „Hier kommt ihr nicht durch. Wir sind viele Grenzadler, die die Grenzen bis zum Igel-Stachel-Wald sichern", sagte er mit leiser, aber drohender Stimme, „an jeder Grenze der verschiedenen Wälder steht einer von uns." Dann erhob er seinen gewaltigen Kopf und drohte: „Und jeder Grenzadler ist größer als der

vorherige. Ich bin der Kleinste von uns. Immer größer und größer sind wir, bis am Ende, an der Grenze des Wichtelwaldes und des Igel-Stachel-Waldes, ein riesiger Grenzadler steht. Er ist viermal so groß wie ich. Ihr habt keine Chance. Also tut, was ich euch sage. Sonst werdet ihr Adlerfutter."

Höhnisch grinste der Adler, dann fuhr er fort: „Also, was haben wir hier? Einen Ureinwohner des Igel-Stachel-Waldes", er zeigte auf Igel Stachel und nickte ihm anerkennend zu, als wäre er in seinen Augen schon deshalb nützlich, weil der Adler ihn als „Ureinwohner" bezeichnete. Dann schaute der Grenzadler Schlängli an und fuhr fort: „Und dann ist hier eine Schlange, die behauptet, im Igel-Stachel-Wald zu wohnen. Ihr beiden dürft rein." Er gab zwei gelbe Tannenzapfen aus, die wohl die Eintrittskarten für den Igel-Stachel-Wald sein sollten.

Jetzt drehte sich der Grenzadler ein wenig und schaute die Waschbärfamilie verächtlich an. „Eine Waschbärfamilie, die aus dem Sieben-Burgen-Land stammt und dort auch wieder hinsoll. Ihr bekommt keinen Passierschein für den Igel-Stachel-Wald. Ihr könnt von hier direkt durch den Beerenwald in euren Wald zurückgehen." Er zeigte auf einen Weg, der vom Beerenwald abzweigte, aber entgegengesetzt zu dem Weg verlief, der in Richtung Winterwald und Igel-Stachel-Wald führte.

„Und du", fuhr der Grenzadler fort, indem er auf die Brieftaube zeigte, „du bist auch kein Igel-Stachel-Waldbewohner. Das sehe ich dir gleich an." Der Grenzadler musterte sie scharf und schaute verächtlich auf die leuchtenden weißen Federn der kleinen Brieftaube. „Ich stamme aus dem Wichtelwald", piepste die kleine Brieftaube, die sich eng an die Waschbärmutter drückte, während die Waschbärschwester das Piepsen übersetzte, „das ist der Nachbarwald vom Igel-Stachel-Wald."

„Dann bekommst du einen Passierschein bis dorthin", sagte der Grenzadler und überreichte der kleinen Brieftaube einen roten Tannenzapfen, „aber dort musst du bleiben. Der Igel-Stachel-Wald ist dir verschlossen. Sonst könnte ja jeder kommen. Und dann ist unser schöner Igel-Stachel-Wald voll mit seltsamen Tieren, die alle anders aussehen als wir. Das wollen wir nicht." Der Grenzadler schaute die Freunde verächtlich an.

„Aber ich fliege doch den größten Teil meines Lebens am Himmel entlang, und nicht im Wald", piepste die Brieftaube ganz leise, „und im Himmel gibt es doch keine Grenzen, der gehört allen Vögeln und ist gemacht vom Schöpfer des Himmels und der Erde, den wir weiße Vögel immer schon begleitet haben – warum nur, warum …?" Sie verstummte traurig und schmiegte sich noch enger an die Waschbärmutter, die ihr über das Gefieder strich.

Igel Stachel wurde plötzlich ganz ruhig. „Wer ist ‚wir'?", fragte er und schaute den Grenzadler direkt an. „Die Bewohner des Igel-Stachel-Waldes vertrittst du jedenfalls nicht. Ich kenne sie. Sie sind offene, gütige, barmherzige und gastfreundliche Tiere, die sich gegenseitig helfen." Fast drohend fügte Igel Stachel hinzu: „In wessen Namen stehst du hier, Grenzadler?"

Nun war es der Grenzadler, der kurz zusammenzuckte. Die rote Plakette auf seinem dunkelbraunen Gefieder, auf der „Grenzadler Nimmerwald–Beerenwald" stand, schaukelte wild hin und her, als fiele sie jeden Moment zu Boden. „Ich bin von meinen Brüdern, den anderen Grenzadlern, beauftragt, hier für Ordnung zu sorgen", sagte er schließlich mit vermeintlich fester Stimme. Nur wer genau hinhörte, konnte sich einbilden, seine Stimme das erste Mal etwas zittern zu hören. „Um jeden Preis werde ich diese Grenze verteidigen", fuhr er dann fort, nachdem sich seine Stimme wieder etwas gefangen hatte, „notfalls mit meinem Schnabel und meinen Klauen." Bedrohlich erhob er wieder seine gelbe Kralle und öffnete seinen scharfen Schnabel. „Hier kommen keine unnützen Tiere durch, die unseren Igel-Stachel-Wald überfüllen und uns Platz und Raum zum Leben wegnehmen! Aber ihr", dabei zeigte der Grenzadler auf Igel Stachel und Schlängli, „ihr seid berechtigte und anerkannte Bewohner des Igel-Stachel-Waldes. Ihr dürft gern durchgehen und weiter auf eurem Weg fortfahren."

Die Waschbärfamilie zitterte weiter. Die Waschbärkinder fingen an, leise zu schluchzen. Igel Stachel schüttelte energisch den Kopf. „Wir sind Freunde. Wir gehen alle weiter oder keiner. Das kannst du nichts machen, Grenzadler", sagte er und schaute den Adler fest an. Igel Stachel sah sich um. Schlängli blinzelte ins Abendlicht. Es wurde langsam dunkel. Sie brauchten ein Nachtlager. Dieser Grenzadler hatte sie schon zu viel Zeit gekostet.

„Wir übernachten hier", sagte Igel Stachel zu den anderen Tieren, „hier, an der Grenze des Nimmerwaldes, unter dieser Blautanne wird uns der Grenzadler nichts tun, hier sind wir sicher." Der Grenzadler lachte noch einmal sein scheußliches Lachen, dann stolzierte er an der Grenzschranke vorbei in sein rot-weiß-gestreiftes Wachhäuschen, drei Bäume hinter der Blautanne des Nimmerwaldes, dort, wo die Bäume des Beerenwaldes begannen.

Die Waschbäreltern waren verzweifelt. Sie fühlten sich wie Ausgestoßene. Dabei hatten sie doch auch ein Zuhause, das Sieben-Burgen-Land. Sie waren gegen ihren Willen entführt worden in den Nimmerwald und wollten dort um keinen Preis der Welt bleiben. Auch hatten sie noch nie gehört, dass jemand verlangte, sie sollten „nützlich" sein, bevor sie irgendwo wohnen durften. Nun waren sie dem furchtbaren Nimmerwald gerade glücklich ent-

kommen und saßen nun hier an dieser seltsamen Grenzstation mit ihren Kindern fest und durften nicht weiterlaufen.

Die Waschbäreltern sahen sich gegenseitig lange an. Dann nickten sie sich zu. Die Waschbärmutter sagte mit fester Stimme zu Igel Stachel und Schlängli: „Geht ohne uns. Wir können ja auch hier, am Rande des Nimmerwaldes und Beerenwaldes, wohnen. Mit uns schafft ihr es nicht nach Hause. Und ihr habt uns schon so sehr geholfen. Wir haben unsere Kinder wieder." Mit diesen Worten schleckte sie ihre beiden Kinder zärtlich ab.

Igel Stachel sah Schlängli an. Schlängli schaute zurück. Sie sah ihm fest in die Augen. Das war ihm Antwort genug. „Nein, liebe Waschbärmutter. Wir gehen entweder alle oder keiner. Die Macht dieses Grenzadlers ist begrenzt. Ich spüre es. Grundlage seiner Macht ist der Hass. Niemals ist Hass stärker als Liebe."

Schlängli nickte. „Lasst uns etwas schlafen", sagte sie, während sie für die Waschbären und die kleine Brieftaube ein Nachtlager bereitete unter der großen Blautanne. „Morgen werden wir weitersehen." Alle Tiere schliefen erschöpft ein. Nur Schlängli und Igel Stachel hielten Wache.

Igel Stachel seufzte. „Diesmal weiß ich wirklich nicht weiter, Schlängli. Ich kann Mut geben und Hoffnung machen, hat meine Mutter immer gesagt." Er seufzte noch mal auf. „Sie hat recht gehabt. Bis heute."

Schlängli sah Igel Stachel an. Dann lächelte sie. „Ich bin stolz auf dich", sagte sie, „immer schon habe ich deine Willenskraft bewundert. Vom ersten Tag unseres Kennenlernens an." Sie schwiegen eine Weile in die Stille der Nacht hinein.

Dann fuhr Igel Stachel plötzlich wütend fort: „So kurz vor dem Ziel sollten wir nicht in unsere eigene Heimat zurückdürfen, nur weil wir Freunde haben, die in anderen Wäldern zu Hause sind? Das kann doch nicht sein." Er machte eine Pause. Dann sagte er: „Dieser Grenzadler ist doch nicht der Schöpfer des Himmels und der Erde! Sondern nur ein blöder Grenzadler!"

Schlängli schaute verwundert auf. Es war das erste Mal, dass sie aus Igel Stachels Mund ihre Worte hörte, die sie den Waschbärkindern immer versuchte beizubringen: Schöpfer des Himmels und der Erde. Igel Stachel sprach die Worte so selbstverständlich aus, als habe er sie bereits häufig leise für sich selbst gesprochen. Schlängli fühlte, wie die Hoffnung zurückkehrte in ihr Herz, wie ihr neue Kraft zuwuchs.

„Lass mal, Igel Stachel", sagte Schlängli, während sie sich sanft um ihn ringelte, ohne ihm die Luft abzuschnüren, „morgen werden wir eine Lösung finden. Ich bin sicher. Und jetzt: Schlaf ein bisschen. Ich werde Wache halten den Rest der Nacht."

Igel Stachel und der Vielfraß

Der nächste Morgen war ein nebliger Morgen. Die Waschbärkinder hatten sich fest an ihre Eltern gekuschelt. Sie reckten und streckten sich und schleckten sich ihr Fell sauber. Langsam erinnerten sie sich an den letzten Abend, den fürchterlichen Grenzadler, der ihnen den Eingang in den Beerenwald verstellt und sie so sehr angeschrien hatte, an den mutigen Igel Stachel und an Schlange Schlängli, die nicht ohne sie gehen wollten. Echte Freunde eben.

Plötzlich hörten die Waschbärkinder ein Rascheln im Gebüsch. Erschreckt hielten sie einander an den Pfoten fest. Es raschelte noch mal. Und noch mal. Und plötzlich standen drei Igel vor ihnen. Die Waschbärkinder trauten ihren Augen nicht. Die drei Igel sahen Igel Stachel zum Verwechseln ähnlich! Die Waschbärkinder schauten sich um: Dort stand „ihr" Igel Stachel und unterhielt sich mit den Eltern und der Schlange Schlängli. Noch nie hatten die Waschbärkinder so viele Igel auf einmal gesehen. Vor den drei Igeln fürchteten sich die Waschbärkinder nicht, denn diese drei sahen sehr lustig aus: Es waren zwei Igeldamen und ein männlicher Igel. Der sah besonders zottelig aus für einen Igel. Seine Igelstacheln standen nach allen Seiten ab. Sein Igelfell war fleckig und ungebürstet. Aber er lachte die Waschbärkinder so freundlich an, dass sie gar nicht anders konnten, als zurückzulächeln.

Nun schauten sie die beiden Igeldamen an. Die eine war eine elegante Igeldame mit dünnen, langen schwarzbraunen Stacheln, die sehr gefährlich aussahen, und mit glänzend schwarzem Igelfell. Sie trug einen orangenen Schal um den Hals, der mit Silberfäden durchwirkt war. Auch sie lächelte die Waschbärkinder an. Die zweite Igeldame war etwas dicker als die erste. Sie hatte samtig weiches Fell, das hellbraun in der Morgensonne glänzte. Ihre Stacheln waren ebenfalls hellbraun. Aus dunkelbraunen Augen schaute sie gütig auf die Waschbärkinder. Dann sagte sie: „Fürchtet euch nicht vor uns.

Wir sind die Geschwister von Igel Stachel, unserem kleinen Bruder. Wir haben alle drei in der letzten Nacht das Gefühl gehabt, dass er uns jetzt brauchen würde. Da sind wir gekommen, um ihm zu helfen. Ich heiße Fellweich“, fuhr sie dann fort und zeigte auf sich, bevor sie auf die beiden anderen Igel deutete, „das ist Bruder Balgerich und das meine Schwester Piksi.“ Die beiden anderen Igel nickten. „Und wer seid ihr?“

Die Waschbärkinder atmeten erleichtert auf. Dann sagte die Waschbärschwester: „Wir sind Waschbärgeschwister. Igel Stachel hat uns vor den Wilderern gerettet und im Nimmerwald endlich unsere Eltern gefunden. Und jetzt …“, die Waschbärschwester musste eine Pause machen, weil sie laut aufschluchzte.

„Jetzt“, fuhr der Waschbärbruder an ihrer Stelle fort und stampfte mit seiner Hinterpfote auf den Boden, „hat uns der böse Grenzadler gestern Abend nicht in den Beerenwald hineingelassen, weil wir anscheinend für den Igel-Stachel-Wald nicht nützlich sind und deshalb nicht dorthin zurück dürfen! Jetzt wissen wir nicht, was wir machen sollen.“ Der Waschbärbruder strich seiner Schwester liebevoll übers Fell. Die drei Igel hörten aufmerksam zu.

„Der Grenzadler ist wieder da, aha. Soso. Ist es wieder mal so weit …“, brummte Balgerich ärgerlich in sich hinein. Die Igelschwester schauten zu Igel Stachel, der sie immer noch nicht bemerkt hatte.

„Wieso wieder so weit?“ fragte der Waschbärbruder. „Gab es den Grenzadler vorher auch schon? Ich habe ihn noch nie gesehen, während wir im Igel-Stachel-Wald wohnten.“

„Die Grenzadler lauern immer auf die richtige Gelegenheit“, fuhr Igelschwester Fellweich fort, „sie spüren genau, wenn es Unfrieden und Zwietracht gibt im Wald. Das versuchen sie zu verstärken und die Gemeinschaft zu entzweien. Da muss man wachsam sein.“ Schwester Piksi nickte.

Jetzt endlich schaute Igel Stachel zu den Waschbärkindern herüber, erkannte seine Geschwister und konnte es nicht fassen. Er stupste Schlängli so fest in die Seite vor Freude, dass diese aufschrie. Dann rannte Igel Stachel, so schnell er konnte, zu seinen Geschwistern. Sie umarmten sich fest. So lange war es her, dass sie sich nicht mehr gesehen hatten! Nun war es an den anderen Tieren zu staunen über den großen Vierer-Igelball, der da vor ihnen hin- und herrollte vor Freude. Viel gab es zu erzählen, doch dazu war jetzt keine Zeit. Schon machte sich der Grenzadler in seinem Wachhäuschen wieder bereit, die Grenze zwischen Nimmer- und Beerenwald zu verteidigen und wetzte seine Klauen. Von Zeit zu Zeit lachte er höhnisch in sich hinein, so sicher war er sich, dass die Tiere sich nicht trauen würden, an ihm vorbei in den Beerenwald zu gelangen.

Igel Stachel schöpfte Mut und Hoffnung, jetzt, da er seine Geschwister bei sich hatte. Er war sich plötzlich sicher, gemeinsam würden sie es schaffen, den Grenzadler zu überwinden. Schwester Piksi stellte sich in die Mitte der Gruppe und legte ihren orangenen Schal kunstvoll um ihren Hals, gerade so, als würde sie eine Bühne betreten. Alle Tiere schauten sie an. Dann fing sie an zu sprechen: „Also, ich glaube, wir müssen die Wundergaben unserer Mutter nacheinander wirken lassen." Sie machte eine Pause – alle hingen an ihren Lippen.

„Du, Bruder Balgerich", sagte sie und nickte Balgerich aufmunternd zu, „hast die Fähigkeit, deine eigene Angst zu überwinden und anderen die Angst zu nehmen. Du musst uns erst einmal die Angst vor dem Grenzadler nehmen, damit wir uns nicht so klein fühlen." Sie machte eine kurze Pause. Dann fuhr Piksi fort: „Und dann musst du das dem Grenzadler sagen, dass wir keine Angst vor ihm haben. Keine!" Sie sah Balgerich ernst an.

Dieser nickte: „In Ordnung", brummelte er in sein nach allen Seiten abstehendes Fell, „ein Kinderspiel. Blöder Adler – kleines Hühnerbein, das ist er, jawoll!"

Die Waschbärkinder kicherten. Der Grenzadler – ein Hühnerbein? Die Vorstellung war lustig. Auch die anderen lachten. Balgerich stellte sich in die Mitte des Tierkreises und hatte plötzlich eine Tierpuppe dabei, die er mit Federn ausgestopft hatte. Diese Federpuppe ließ Balgerich nun auf und nieder fliegen, als wäre sie der Grenzadler. Balgerich beschimpfte die Federpuppe mit Worten, die alle noch nie gehört hatten: „Du räudiger Federberg, du, du graues Krallengesicht, ein gefiederter Ringelwachpostenwurm bist du, du Schneckenschleimschnabel!" Balgerich wiederholte die Worte so lange und tanzte um die Federpuppe herum, die immer mehr und mehr Federn verlor, bis sich alle Tiere vor Lachen bogen. Die Anspannung der letzten Stunden verflog nach und nach. Und mit jedem Lachen schöpften die Waschbäreltern etwas Hoffnung, dass es vielleicht doch noch gelingen könnte, den Grenzadler zu überzeugen, sie durchzulassen.

Nach einer Weile fuhr Piksi fort: „So – und das sagst du jetzt auch dem Grenzadler, Bruder Balgerich. Sag ihm, dass wir keine Angst vor ihm haben. Ich komme mit und helfe dir. Ihr wartet hier. Wir werden noch eine Nacht hier an der Grenze verbringen. Dann spricht Fellweich mit ihm. Sie kann das von uns allen am besten. Und am nächsten Morgen wird er uns durchlassen, der Grenzadler. Das verspreche ich euch."

Igel Stachel war stolz auf seine Schwester Piksi. Sie wusste immer einen Rat und begeisterte alle mit ihren Einfällen. In sicherer Entfernung, aber so nah, dass sie das Gespräch von Balgerich, Piksi und dem Grenzadler noch hören konnten, postierten sich die Tiere hinter einem großen Wacholderbusch: Die Waschbäreltern, die Waschbärkinder, die kleine Brieftaube, Schlängli, Igel Stachel und Igelin Fellweich.

Balgerich und Piksi grüßten den Grenzadler. Dieser grüßte zurück. „Igel haben das Recht, durch die Grenze zu gehen, Igel sind die Ureinwohner des Igel-Stachel-Waldes. Geh also!“, sagte der Grenzadler und machte beiden Igeln fast ehrfurchtsvoll Platz. Nun hörten sie nur noch Wortfetzen: „Angst? Vor dir? Fürchterlich bist du – nein! Mach dich nicht lächerlich ...“

Dann das erstaunte Krächzen des Adlers: „Wieso nicht? Ich bin doch furchterregend, oder? Mit meiner Uniform und meiner Anstecknadel ...“ Der Grenzadler wurde unsicher. Er war es nicht gewöhnt, dass Tiere keine Angst vor ihm hatten. Dabei übte er doch täglich, so furchterregend, wild und fies wie möglich zu sein.

Dann hörten sie wieder die Worte von Piksi: „Auch du darfst im Igel-Stachel-Wald wohnen, wenn du möchtest. Wenn du nicht so gemein wärst, würden dich die anderen Tiere gern haben, da bin ich sicher.“

„Mich, gern haben? Niemand hat mich gern – ich bin ein Adler, ein Tote-Tiere-Fresser. Niemand will einen Adler bei sich haben ...“

Die anderen Tiere hinter dem Wacholderbusch schauten sich erstaunt an – der Grenzadler hatte das Gefühl, dass ihn keiner mag? War er deshalb so böse zu allen Tieren? Es dauerte nicht lange, da kamen Piksi und Balgerich hoch erfreut wieder zu der Lichtung hinter dem Wacholderbusch, wo alle anderen schon auf sie warteten. „Und?“, fragte Igel Stachel, „lässt er uns durch?“

„Gib ihm noch etwas Zeit“, sagte Piksi, „er beginnt schon, an sich und seiner vermeintlichen Unglaublichkeit zu zweifeln. Das ist schon mal ein Anfang.“ Der Tag verging in Unruhe. Nur Igel Stachel war die Ruhe selbst. Er vertraute seinen Geschwistern, es war ihm, als wäre auch seine Mutter nun wieder unter ihnen und gäbe ihnen die Sicherheit, dass alles wieder gut werden würde. Er wusste nicht, woher er diese Sicherheit nahm, aber er hatte sie nun wieder für sich gefunden. Dadurch wurden auch die anderen ruhiger. Schließlich schliefen sie am Abend ein.

Sie ahnten nicht, dass Fellweich in Absprache mit den Geschwistern noch am späten Abend zum Grenzadler gegangen war. Sie setzte sich direkt vor den Grenzadler und schaute ihn wortlos an. Das machte den Grenzadler unglaublich unruhig. Ohne dass Fellweich ihn ansprach, fing er plötzlich an, sich zu rechtfertigen für das, was er hier machte: Dass er im Auftrag von vielen Adlern hier sei, dass er den Wald reinhalten müsse von unnützen

Tieren, wo man denn sonst hinkomme, wenn hier jedes Tier einfach im Igel-Stachel-Wald leben dürfte – Chaos würde das verursachen, sicherlich. Die anderen Tiere im Igel-Stachel-Wald würden ihm noch dankbar sein für seinen Dienst, den er hier tue, jawohl! Fellweich sah den Adler weiter ruhig an, ohne einen Ton zu sagen.

Nach einer weiteren Stunde, in der der Adler der Igelin gegenüber sein Tun verteidigte, stand sie plötzlich auf, ging direkt auf den verblüfften Adler zu und sagte: „Stell dir vor, hier würde ein Löwe stehen und nicht du. Und du würdest vor ihm stehen und ihn um Einlass bitten. Und er sagte: Nein, Adler sind unnütze Tiere, Totbringer. Die müssen draußen bleiben. Wie wäre das für dich?"

Mit diesen Worten wandte sich Fellweich um und ließ den stumm gewordenen Adler stehen. Sie legte sich, ohne den anderen ein Wort von ihrer Unterredung mit dem Adler zu erzählen, zu ihren Igelgeschwistern und schlief ein.

Am nächsten Morgen ging Piksi nach dem Frühstück noch einmal allein zu dem Grenzadler. „Mach dich nicht lächerlich", sagte sie, „wir wissen, dass hinter dir nicht immer neue Grenzposten stehen mit neuen, noch größeren Adlern. Wir kennen alle Tiere im Igel-Stachel-Wald. Natürlich ist dort auch für Waschbären, eine Schlange und eine kleine Brieftaube Platz." Sie machte eine Pause. Dann fuhr sie fort: „Und auch für Grenzadler haben wir Platz – wenn sie denn Teil der Gemeinschaft sein wollen und diese nicht zerstören!" Das letzte Wort schrie Piksi durch den Wald. Dann war es still. Der Grenzadler plusterte sich auf, wurde rot und schwarz vor Wut. Seine Federn zitterten, sein Schnabel wurde fast weiß, als er diesen öffnete, um Piksi etwas zu entgegnen. Aber: Es kam nur ein lautes Krächzen aus seinem Schnabel. Er konnte nicht mehr sprechen. Er krallte sich fest in die Erde, drehte sich dreimal um sich selbst, krächzte noch einmal fürchterlich und hob dann ab in die Lüfte, wobei er Hunderte von schwarzbraunen Federn verlor. Auch die rote Plakette, die ihn auswies als Grenzadler, wurde durch seinen Start auf den Boden geschleudert und zerschellte an den Steinen, die vor der großen Wald-Grenzeiche lagen.

Die Tiere konnten es nicht glauben. Der Grenzadler hatte sein Grenzhäuschen verlassen und war davongeflogen. Der Weg war frei. Schnell packten die Freunde ihre Sachen und rannten, so schnell sie konnten, am Grenzhäuschen vorbei. Dann waren sie da: im grünen, hellen Teil des Waldes, im Beerenwald. Sie fielen sich in die Arme und jauchzten. Alle waren mitgekommen.

Nun wussten Igel Stachel und die Waschbärkinder den Weg nach Hause auswendig: Sie rannten den ganzen Weg zurück, den sie gekommen waren:

durch den Beerenwald, den Winterwald und den Wichtelwald bis hin zum Eingang des Igel-Stachel-Waldes. Erleichtert merkten die Tiere, dass Igelin Piksi recht hatte: Die Drohung des Grenzadlers war falsch. Weder gab es an jeder anderen Waldgrenze größere und schlimmere, noch gab es überhaupt einen anderen Grenzadler als den, den die Tiere an der Grenze zwischen Beeren- und Nimmerwald gesehen hatten. Es gab also nur diesen einen, und den hatten sie gemeinsam mit den Igelgeschwistern überwunden!

„Woher wusstest du", fragte die Waschbärschwester Piksi, während sie beide atemlos den Waldweg entlangliefen, „dass es nur den einen Grenzadler gibt und nicht noch viel mehr, wie er es gesagt hat?" Piksi schaute die Waschbärschwester lange an und schwieg.

Nach einer Weile sagte sie: „Igel haben eine gute Nase, weißt du? Ich habe ihm angerochen, dass der Grenzadler lügt. Er schwitzte unter seinem Federkleid, während er mir von den anderen, viel schlimmeren Grenzadlern erzählte. Ich merkte, er hatte selber Angst, wovor auch immer. Deshalb hat er die Geschichte von den vielen anderen Grenzadlern erfunden. Er brauchte diese Lüge mehr für sich selbst als für uns." Piksi machte eine kleine Pause, bevor sie ihre Augen fest auf das vor ihr liegende Waldstück richtete. „Und nun komm", sagte sie zur Waschbärschwester, die sie respektvoll ansah, „schau, ich sehe schon eure Kapelle von ferne."

Und tatsächlich: Nun war es nicht mehr weit. Mit letzter Kraft erreichten die Tiere die Igel-Stachel-Höhle. Vorsichtig öffnete Schlängli die Tür. Sie knarrte leise und blieb dann halb offen stehen. Leise, fast ehrfurchtsvoll, traten alle ein. Die Wohnung war leer. Nichts Böses war hier geschehen. Nun war es wirklich geschafft: Sie waren zu Hause, wohlbehalten, mit den Waschbäreltern und den Geschwistern von Igel Stachel.

Es war, als hätten sie die Höhle von Igel Stachel gestern erst verlassen: Alles war an seinem Platz: Die Betten von Igel Stachel und den Waschbärkindern, der Herd, die gemütliche Wohnküche. Und selbst ein bisschen Kakaopulver war noch in der Küche zu finden. Sofort machte Igel Stachel allen einen warmen Kakao.

Und dann erzählten die Igelgeschwister bis tief in die Nacht, was sie bisher in ihrem erwachsenen Igelleben erlebt hatten im Wald, jeder für sich, so wie es in ihrer Igelnatur lag, und doch mit dem festen Wissen, sich beizustehen, wenn einer von ihnen Hilfe benötigte. Sie sprachen so lange, bis erst die Waschbäreltern einschliefen, dann die Waschbärkinder und die Schlange Schlängli, die zuvor noch die kleine Brieftaube in ihr Nest legte. Dann, als der Mond schon lange über der Igel-Stachel-Höhle schien und die

Kapelle wieder in silbriges Licht tauchte, schliefen auch die vier Igelgeschwister ein, dicht aneinander, wie damals in der Igelhöhle ihrer Kindheit.

Am nächsten Morgen war ein wildes Durcheinander in der Igel-Stachel-Höhle. Die Waschbärkinder tollten ausgelassen herum, zu schön war es, die Eltern und Igel Stachel um sich zu haben. Schlängli ringelte sich schnell auf ihren Baum; ihr war das zu viel Durcheinander auf engem Raum. Sie nahm die kleine Brieftaube mit, die aufgeregt zwischen allen hindurchflatterte und versuchte, einige Körner vom Frühstück der Igelgeschwister aufzupicken, die alle wild durcheinander sprachen.

Die Igelgeschwister Fellweich, Balgerich und Piksi umarmten ihren kleinen Bruder, kullerten sich auf Igelart umeinander herum und versprachen, ihn im nächsten Sommer mit ihrer Igelmutter besuchen zu kommen, bevor sie sich zu ihren Höhlen in den Wald aufmachten. Igel Stachel winkte ihnen nach und freute sich darauf, bevor er überlegte, was jetzt zu tun war. Es lag auf der Hand: Die Igel-Stachel-Höhle war auf Dauer zu klein für ihn und alle vier Waschbären. Während die Waschbärgeschwister zur Maulwurfsfamilie liefen, um ihnen allen von den zurückliegenden Abenteuern zu berichten, machten sich Igel Stachel und die Waschbäreltern mit Schlängli auf, eine Höhle für die Waschbären zu finden, wenn möglich in der Nähe der Kapelle.

Sie liefen einmal um die Kapelle herum. An der Rückseite der Kapelle, gegenüber der Igel-Stachel-Höhle, wuchs eine wilde Dornenhecke. Früher hatten die Waschbärkinder darin Fangen gespielt und sich vorgestellt, dass wilde Zwerge in der Hecke wohnten, die sie erschrecken wollten. Jetzt schien die Hecke etwas verwildert, aber durchaus an der einen Ecke der Kapelle für den Beginn eines Waschbärbaus geeignet. Die Waschbäreltern schnupperten an der Hecke herum, um zu erkunden, wo genau sie graben wollten, um ihre Höhle zu bauen. In diesem Moment zischte es leise aus der Hecke heraus. Dann schnappten plötzlich zwei riesige, weiße Zähne in einem schwarzen Maul aus der Hecke heraus und verbissen sich im Fell des Waschbärvaters, der laut aufjaulte.

Ein Vielfraß! Ein riesiger Vielfraß mit schwarzem Fell, einer spitzen Schnauze und großen Zähnen griff den Waschbärvater an und rollte sich mit ihm über die Wiese. Die anderen Tiere mussten helfen. Die Waschbärmutter zögerte nicht lange. „Lass meinen Mann los, du Untier!“, schrie sie, während sie ihrerseits den Vielfraß in den Po biss, so dass dieser aufschrie und den Waschbärvater loslassen musste. Der bekam den Vielfraß an den Pfoten zu fassen und hielt ihn fest. Er konnte sich nicht mehr bewegen und war furcht-

bar wütend. „Warum beißt du mich?“, fragte der Waschbärvater den Vielfraß. „Wir suchen doch nur eine Wohnung für unsere Familie.“

„Das ist meine Wohnung in der Dornenhecke“, keuchte der Vielfraß, „und dort kommt ihr nicht rein!“

„Das kannst du doch aber auch freundlicher sagen“, sagte der Waschbärvater und rieb sich sein Fell, auf dem die Bissspuren noch deutlich zu erkennen waren. „Schließlich ist Igel Stachel doch dein Nachbar, auf der anderen Seite der Kapelle.“

„Nachbar?“, fragte der Vielfraß erstaunt und schaute Igel Stachel an. „Seit ich hier wohne, wohnt hier aber kein Igel.“

„Dann wohnst du anscheinend noch nicht lange hier“, sagte Igel Stachel, „ich habe mit den Waschbärkindern die letzten vier Jahre hier gewohnt und war jetzt nur drei Monate nicht zu Hause. Trotzdem: auf gute Nachbarschaft!“ Er streckte dem Vielfraß seine Pfote hin.

Der Vielfraß beschnupperte sie misstrauisch. Dann schlug er ein. „Stimmt. Ich wohne hier seit acht Wochen. Dennoch: Hier könnt ihr keine Höhle bauen. Hier wohne ich.“

„Verstanden“, sagte die Waschbärmutter, „wir suchen uns etwas anderes. Trotzdem hättest du etwas freundlicher sein können. Kommt – wir suchen weiter.“ Sie winkte mit ihrer Pfote ihrem Mann und Igel Stachel, und die drei machten sich auf, zur anderen Seite der Kapelle hin. Dort zeigte sie auf eine große Birke, an deren Fuß ein dichter Wacholderbusch wuchs. Ein perfekter Ort für eine Waschbärhöhle.

„Ja, toll!“, sagte der Waschbärvater und lief, so schnell er konnte, zu der Birke, die seine Frau ihm gezeigt hatte. Alle drei umrundeten die Birke und schnupperten an dem Wacholderbusch, der herrlich duftete. Als die Waschbärmutter bereits anfing zu graben, um unter dem Wacholderbusch den Eingang der Höhle zu bauen, wurde sie von einem wütenden Zischen unterbrochen. Ehe sie sich versah, war sie umwickelt von einer riesigen Ringelnatter, die ihr fast die Luft abschnürte. Die Ringelnatter war doppelt so groß wie Schlängli aber nicht halb so schön wie sie. Die Natter hatte graue Schuppenhaut, ihr Kopf war schwarz-porzellanweiß geschuppt, und selbst die Augen und die Zunge waren schwarz.

Die Waschbärmutter schrie auf, bevor sie komplett von der Natter umwickelt wurde. Der Waschbärvater schrie aus Angst um seine Frau gleich mit und stürzte sich auf die Ringelnatter. Diese biss den Waschbärvater sofort. Igel Stachel schrie auf, rollte sich als Ball zusammen und auf die Natter zu, die erschrocken zurückwich und einen Teil der Waschbärmutter freilegte. Dann zischte Schlängli der Ringelnatter etwas zu mit ihrer roten Zunge, was die anderen Tiere nicht verstanden.

Sofort ließ die Ringelnatter vom Waschbärvater ab und entschlängelte die Waschbärmutter, die nach Atem rang. Die Natter verbeugte sich vor Schlängli und zog sich dann zurück auf ihre Birke. Die anderen schauten Schlängli erstaunt an. Schlängli besah sich den Biss der Ringelnatter am Hals des Waschbärvaters, nahm ein Blatt des Wacholderbeerbaums, benässte es mit ihrer Zunge und legte es ihm auf die schmerzende Wunde.

„Der Biss der Ringelnatter ist nicht tödlich", sagte Schlängli, „es ist nur der Wundschmerz. Du wirst wieder gesund werden." Zu den anderen gewandt, die sie immer noch fassungslos anschauten und nicht verstanden, weshalb die riesige, doppelt so große Ringelnatter Schlängli so bedingungslos gehorcht hatte, sagte sie: „Ich bin so etwas wie die Schlangenkönigin unter den Schlangen im Wald. Alle Schlangen gehorchen solchen Schlangen, die genauso gemustert sind wie ich, bedingungslos. Das hängt mit der Geschichte vom Geschenkebaum zusammen, die ich euch erzählt habe. Sie haben alle Angst vor uns." Schlängli machte eine Pause und sagte dann leise mehr zu sich selbst als zu den anderen: „Weil wir sie aus dem Paradies vertrieben haben damals. Der Preis ist bis heute ständige Einsamkeit. Niemand von den anders gemusterten Schlangen will mit uns etwas zu tun haben."

Igel Stachel, der die Geschichte vom Geschenkebaum kannte, verstand. Er schaute Schlängli an und meinte, das erste Mal ihr Muster auf dem Rücken wirklich zu betrachten. Und tatsächlich – Schlängli hatte wirklich das gleiche Muster auf dem Rücken wie die Glitzerschlangen, von denen sie damals am Lagerfeuer den Maulwurfskindern erzählt hatte. Sie war also ein direkter Nachfahre der Glitzerschlangen, die durch den Schöpfer des Himmels und der Erde aufgrund ihrer Gier mit den anderen Schlangen aus dem Paradies vertrieben worden waren. Die anderen Schlangen waren damals sehr böse auf die Glitzerschlangen gewesen, erinnerte sich Igel Stachel dunkel. Die beiden Glitzerschlangen waren fortan auf sich allein gestellt und durften mit den anderen Schlangen nicht mitgehen. Das Misstrauen und die Angst der anderen ihnen gegenüber war anscheinend bis heute erhalten geblieben.

Ganz still war Schlängli geworden; konzentriert besah sie sich die Wunde des Waschbärvaters, wie um sich neu zu sammeln. Und obwohl der Schöpfer des Himmels und der Erde so eine schlimme Strafe über alle Schlangen verhängt hatte, glaubte sie an ihn und war überzeugt, dass es ein guter Schöpfer war, der alle Tiere und Menschen liebte. So sehr glaubte Schlängli daran, dass sie sogar den Waschbärkindern und Igel Stachel selbst das

Beten in der Kapelle beigebracht hatte, damals, als sie alle so mutlos waren und sich nicht vorstellen konnten, die Waschbäreltern jemals wiederzufinden.

Igel Stachel verstand noch nicht ganz, woher Schlängli dieses Vertrauen und diese Sicherheit nahm. Aber er wusste, dass er Schlängli ab heute noch mal so gern hatte wie vorher schon, und zwar genau so, wie sie war. Igel Stachel rollte auf Schlängli zu und drückte sie. Schlängli sah ihn verwundert an, während sie das Blatt weiter fest auf die Wunde des Waschbärvaters drückte. „Danke", sagte Igel Stachel, „dass du meine Freundin bist." Schlängli lächelte. „Danke dir, Igel Stachel."

Sie brachten den Waschbärvater nach Hause in die Igel-Stachel-Höhle. Die Waschbärmutter kümmerte sich um ihn. Igel Stachel und Schlängli wollten noch mal los und die letzte Ecke der Kapelle auskundschaften. Die Waschbärkinder waren ohnehin noch nicht von den Maulwürfen zurück. Es musste doch einen Ort in der Nähe der Kapelle geben, an dem die Waschbäreltern ihre Höhle bauen konnten. Sie liefen an Schlänglis Baum vorbei in die letzte Ecke der Kapelle, die sie noch nicht erkundet hatten.

„So viele unangenehme Nachbarn", sagte Igel Stachel, „kaum ist man mal drei Monate nicht zu Hause ..." Igel Stachel schüttelte den Kopf.

„Komm, wir schauen da noch mal", sagte Schlängli und deutete auf einen riesigen Blätterberg, der an der Seite der Kapelle aufgehäuft war. Von Weitem sahen sie die Waschbärkinder, die sich ihnen zusammen mit der ganzen Maulwurfsfamilie näherten. Igel Stachel schnupperte an dem Blätterhaufen.

„Das könnte gehen", sagte er, „die Blätter schützen die Waschbären, hier könnten sie beginnen zu graben."

Sie begrüßten die Maulwürfe herzlich. Es war schön, alle wiederzusehen.

„Wir helfen euch graben", sagte Annie, die Maulwurfsmutter, und fing an, sich in den Blätterberg zu wühlen. Plötzlich jaulte sie auf. „Hilfe!", schrie sie, und alle stürzten sich in den Blätterberg, um Annie zu helfen. Ein riesiger, schwarzer Hirschhornkäfer mit zwei großen Zangen am Kopf und sechs Beinen hielt die Maulwurfsmutter in seinen Zangen und begann, seine Zähne in ihr Fell zu schlagen. Die Maulwurfsmutter schrie; sie konnte sich nicht befreien.

Die anderen warfen sich auf den Hirschhornkäfer. Gemeinsam gelang es ihnen, ihn auf den Rücken zu drehen und eine der Zangen so aufzubiegen, dass die Maulwurfsmama auf den Bauch des Käfers fiel. Schnell nahm sie Maulwurfsvater Grumpel in seine Arme. Die anderen hielten den Käfer so lange in Schach, bis die Maulwürfe und die Waschbärkinder sich in Sicherheit gebracht hatten. Dann erst ließen sie ihn los. Der Hirschhornkäfer betastete seine Zange und versuchte, sie wieder zurechtzubiegen. „Was wollt ihr in meinem Blätterhaufen?“ fragte er mürrisch. „Hier wohne ich.“

Igel Stachel schaute genervt. „Das kann doch nicht wahr sein, dass alle meine neuen Nachbarn erst mal angreifen, bevor sie uns begrüßen. Habt ihr denn gar kein Benehmen?“ Er atmete tief durch. Dann sagte er, in etwas freundlicherem Ton: „Mein Name ist Igel Stachel. Ich wohne auf der anderen Seite der Kapelle. Wir suchen einen Platz für die Waschbärfamilie zum Wohnen.“

Der Hirschhornkäfer schaute Schlängli und Igel Stachel verbittert an. „Und? Mir doch egal. Mir hat auch noch nie jemand was geschenkt. Hier jedenfalls wohne ich. Hier ist kein Platz für Waschbären. Ende.“ Mit diesen Worten verschwand er in seinem Blätterhaufen. Nur noch ein leises Rascheln war zu hören.

Schlängli und Igel Stachel schauten sich an. Langsam trauten sich die Maulwurfsfamilie und die Waschbärkinder wieder zu den beiden zurück. Betrübt gingen sie zurück in die Igel-Stachel-Höhle. Das waren keine guten Aussichten. Umgeben von so unangenehmen Nachbarn zu sein, machte Igel Stachel das Nach-Hause-Kommen schwer. Zum Glück hatte er Schlängli und die Maulwürfe auch als Nachbarn. Da waren der Vielfraß, die Ringelnatter und der Hirschhornkäfer vielleicht auszuhalten.

Doch was machten sie nun mit der Waschbärfamilie? Sie brauchte in absehbarer Zeit einen Ort für sich allein. Igel Stachel schaute sich um in seiner Höhle. Sie war einfach zu klein für alle zusammen. Verzweifelt und traurig schlug Igel Stachel mit seinen Igelpfoten kräftig gegen die Kinderzimmerwand seiner Höhle. Es rumpelte. Doch das war Igel Stachel egal. Es machte ihn furchtbar wütend, seine lieben Waschbärkinder jetzt, am Ende dieser ganzen anstrengenden Reise, doch zu verlieren, nur weil es keinen Platz für eine Höhle rund um die Kapelle gab. Ohne auf die Rufe der anderen Tiere zu hören, hämmerte er immer weiter wie wild auf die Kinderzimmerwand ein, in einer Mischung aus Wut, Ohnmacht und Trauer, wieder allein zu sein in seiner Höhle.

Er hämmerte und hämmerte an die Wand und merkte nicht, wie immer mehr Erde auf ihn rieselte. Erst auf seine Füße, dann auf seine Beine, seinen Bauch. Schließlich, mit einem großen Krach, stürzte die Kinderzimmerwand der Igel-Stachel-Höhle ein und begrub Igel Stachel unter sich. Die anderen Tiere waren bestürzt und beglückt gleichermaßen. Mit gemeinsamen Kräften versuchten sie zunächst, den Igel aus dem Trümmerberg zu befreien. Er war komplett darunter vergraben und hatte in seiner Wut gar nicht gemerkt, dass er die ganze Wand zum Einsturz gebracht hatte. Als er seine Augen von

dem Staub und der Erde befreit hatte, konnte er sehen, was die Tiere schon gesehen hatten: Die Wand war eingestürzt, weil hinter ihr ein Hohlraum war.

Vor den Tieren lagen zwei wunderschöne Raumhöhlen, die direkt an die Igel-Stachel-Höhle angrenzten. Hier konnte die Waschbärfamilie ihre Familienhöhle einrichten, und direkt daneben würde Igel Stachel wohnen! Es war ein Traum. Igel Stachel konnte es kaum fassen. Eine Gemeinschaftshöhle für die Waschbären und für ihn – mit Schlängli als direkter Nachbarin. Sie würden zusammenwohnen und zusammenbleiben! Die Waschbäreltern hatten Tränen in den Augen vor Glück. Die Waschbärkinder tanzten um sie herum.

Auch Schlängli war glücklich, zu dieser Gemeinschaft zu gehören und nicht mehr allein durch den Wald irren zu müssen. Und so standen sie alle im Sandberg des Waschbärkinderzimmers bis zu den Füßen in Erde und Staub und umarmten sich: Die Maulwurfsfamilie, Schlängli, die Waschbärfamilie und Igel Stachel, der sich nicht erinnern konnte, jemals so glücklich gewesen zu sein. Und über ihnen flog im Kreis und piepste in höchsten Tönen mit ihrem zarten Gefieder: die kleine weiße Brieftaube.

Inhalt